員工餐的滋味
只為飯碗奮鬥的上班族美食日記

徐橘 著

莊曼淳 譯

只為飯碗奮鬥的
上班族美食日記

員工餐的滋味

회사 밥맛

　　我的志願不是成為一名上班族。如果按照小時候的計畫，差不多到了這個年紀，我已經成為全世界知名的作家了。不過，今天也累積了公司咖啡廳的點數，而不是我在這世界上的名氣。我毫不猶豫地點了一杯冰美式，並這麼想：

　　「今天幾點可以下班呢？」

　　在上班的同時，便開始等待下班。我是資歷七年的上班族。

　　搭著電梯上樓，我一邊拿出手機確認員工餐廳的菜單。剛到職的時候，還需要登入公司內部的公布欄

才能確認，如今這個世界真的變得方便許多了。今天的菜單是烤肉火鍋、炸蝦咖哩飯、拌冷麵。正當我還在考慮中午該吃什麼時，電梯已經抵達辦公室所在的九樓。

午休時間也曾讓我覺得痛苦。新人時期，坐在和自己不熟的人之間勉強吞下食物，還因此消化不良好幾次。我曾向親近的前輩傾訴說想要辭職。而前輩卻奮力阻止我說，至少要在職一年才有退職津貼可領。好不容易撐滿一年後，依舊覺得這條路果然跟我的志向不合，於是又申請了一次諮詢。但是對方卻說，如果要在履歷表上多加這一項經歷，就必須要工作滿兩年，要我再繼續忍耐一陣子。就這樣兩年變成三年、三年又變成四年，至今已經是我待在這家公司的第七年了。

關於為什麼要來公司上班的問題，前輩的回答還猶言在耳。

「我認為自己正在做支撐著我們公司的工作。因為這份工作，這間公司的員工和他們的家人，以及使

用這項產品的人們生活都變得不一樣了。」

　　前輩也不是跟公司持有者有什麼裙帶關係的人，只是個平凡的員工。因為他那崇高的使命感，讓我瞬間感到羞愧。我頓時覺得為了混口飯吃、不得已才來公司上班的自己簡直是個俗物。

　　現在我知道了。混口飯吃不是一件丟臉的事。我們只是不同的人。因為是不同的人，前輩成為了萬年科長，不管是什麼粗活、瑣事，全心全意埋首於工作，最後因為健康出了問題而離開了公司。

　　雖然不是任何人的錯，也沒有人失敗，但是在前輩離職後，有一陣子我覺得很辛苦。總覺得公司彷彿是毀了我的反派角色。這次又是前輩抓住了徬徨不安的我。相隔一年見到的前輩笑著說：

　　「在我勸妳繼續留在公司的同時，我也每天都很想要辭職走人。什麼使命感都是狗屁！我只是因為難得有了後輩，所以在虛張聲勢罷了。」

　　衝擊和背叛！

　　「不過，在公司上班時好像比較開心。嗯，感覺

還不錯。」

混亂和懷疑！

我打開筆記型電腦，連接上雲端系統。接著按下上班按鈕，並確認信箱。為了繼續昨天沒做完的投影片製作而打開檔案，然後打開瀏覽器視窗，以調查資料。我正式開始了一天的工作。

我無法得知還在公司上班的現在到底是好？還是不好？抑或是不好也不壞？對於一個時期的評價，大概得等到那個時期結束後才有可能做得到。未來的我可能對現在還待在公司的我感到不滿，也有可能覺得現在很幸福而讚不絕口。

因此這份紀錄是忙著度過每一段時期而不知道自己是否辛苦的冒失鬼，做出的一段短視近利的自我告白。

直到午休時間前還有三個小時。今天不管怎麼說，還是選擇拌冷麵比較好。

第一章

熟悉的

滋味

一起吃辛奇炒飯的心情

ᵢ

　　和跟我同時期進公司上班的同事共四個人一起吃
了午餐。我們一行人去了公司附近，辛奇炒飯和炸豬
排很好吃的熟店。點了餐後，我們一邊等待著餐點，
一邊天南地北地閒聊著。主題當然是公司的事。

　　有個人說，我們組裡的C代理將在下次專案擔任
負責人。C代理是比我晚三個月進公司，幾乎與同期
無異的同事。

我依然只是個基層員工，聽到她已經成為負責人的熱門人選，我暫時失去了表情管理的能力。

餐點被陸續端上桌。這家店的辛奇炒飯被放在炙熱的鐵板餐盤上，伴隨著滋滋作響的背景音樂登場。從聲音聽起來已經合格。將鋪在飯上配料和飯拌勻，接著舀起一大口放進嘴裡，已經被炒到散發甜味的酸辛奇和簡單川燙過的清淡綠豆芽菜配合著強弱相間的拍子入場，而柔軟的火腿又增添了豐腴的飽足感，為這一口美味畫下句點。再加上幾乎快要忘卻時，就會劈哩啪啦在齒間爆開的飛魚卵，以及多加上一絲細緻香氣的香蔥，這一口堪稱是讓人無暇感到乏味的華麗美味遊行。炸豬排與辛奇炒飯相比，味道雖然比較平凡，卻也是一道醬汁令人齒頰留香，非常傑出的西式快餐。尤其配菜還是玉米粒罐頭，真的很不錯。

幾乎快要吃完的時候，我向同期的同事們說，剛聽了C代理的傳聞後，我的心情變得有點差。大家咯咯笑著，並說我跟她比起來，輸在「態度」。舉例來說，如果在要聚餐的日子已經事先有其他的約會，她

會把私事往後延，而我卻會翹掉公司聚餐。好吧，我馬上被說服。因為我喜愛我的「態度」，所以決定要狂熱地支持即將成為負責人的C代理。

　　把餐點吃得一乾二淨後，一行人拍著肚子走出店門。想要在飯後來杯咖啡，於是朝咖啡廳走去。現在的我們之中，隨著時間過去，應該也會出現往上爬的人，還有原地踏步的人。但是，因為那一刻尚未來臨，我們才能和拿著相同杯套的同期們互相碰撞著肩膀，開心大笑。

🍽 今天的菜單
鐵板辛奇炒飯｜炸豬排｜酸黃瓜｜辣蘿蔔塊

同期之間的午餐

當時科長啊～

這次的報告啊～

研習的時候啊～

喂，我們至少在午休時間不要聊公司的事，聊點其他的吧！

好。

OK！

不過昨天常務……

那個常務不是……

嗯。

就是說啊……

我覺得

熟悉的滋味

我媽還叫我寶寶咧！

票選出你心目中的紫菜飯捲吧！

首先是鮪魚紫菜飯捲。

鮪魚的油脂浸濕了四周的材料，讓鮪魚紫菜飯捲總是有點空虛。用筷子夾取的時候，得小心不要讓內容物四散。但是，傾注了些許注意力，將那鬆散的紫菜包飯放進口中時的那股喜悅，彷彿在說一切的努力都有了回報。

有點鹹又有點油膩的鮪魚和白飯濕潤地混在一起，激發出的海洋的氣息，接著隨之湧來的是醃黃蘿蔔和蔬菜們的協奏。鮪魚中可以加入美乃滋，也可以不加。如果加了，會增添一抹香噴噴又綿密的感覺；如果不加，更能完全感受到鮪魚的滋味。鮪魚紫菜飯捲中，鮪魚的強烈存在感不論在何種狀況下都不會減少。

這樣的話，起司紫菜飯捲怎麼樣呢？

如果說鮪魚紫菜飯捲是鮪魚和飯捲，起司紫菜飯捲就是飯捲加上起司。起司紫菜飯捲的重點就是協調。一開始的味道和普通的紫菜飯捲無異。清脆又水潤的蔬菜、酸酸甜甜的醃黃蘿蔔、柔軟的火腿。就這樣活動下顎兩次，起司有嚼勁的口感這才纏上舌尖。這裡可以體會到起司紫菜飯捲的妙趣。可以將多采多姿的食材結合在一起，又不會讓它們失去各自本性的起司能力令人驚豔。還有，所有的內餡經過喉嚨後，會在口齒間留下風味特殊的餘香。

如果在這裡出現烤肉紫菜飯捲這位伏兵呢？

其實，我總覺得在紫菜飯捲裡加烤肉，有些太過分了。就算只有最具代表性的白飯殺手——烤肉和基本材料，居然就能合體成好吃的紫菜飯捲，這難道不是過猶不及的組合嗎？可以消除這份憂慮的鑰匙在於烤肉的鹹淡。味道屆在能夠稍微修飾醃黃蘿蔔帶來的強烈鹹味，但是如果直接拿來當配菜，又可能會讓人覺得太淡，因此貌似毫無意義的調味醬是箇中關鍵。所以想要遇見真正好吃的，實在不是一件易事，不過和掌握得當的正確調味醬結合時，就能擁有不輸多數高級白飯的爆發力，正是這種烤肉紫菜飯捲。

「各自挑選吧！」
室長的催促，讓我選了最靠近的種類。是起司紫菜飯捲。

「一邊吃一邊繼續開會吧！」

室長在拆開免洗筷的同時，用下巴指了指投影螢幕。忍耐著沒有湯汁而差點噎到的不適，我只能狼吞虎嚥地把紫菜飯捲塞進嘴裡。

創造「午餐會議」這個詞的人是誰？如果被我知道，一定要好好教訓那個人。

🍚 **今天的菜單**
起司紫菜飯捲

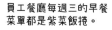

員工餐廳每週三的早餐
菜單都是紫菜飯捲。

紫菜飯捲
已經賣完了。

什麼？

因為滿滿都是新鮮的蔬菜，
所以很受歡迎。

隊伍好長啊⋯

我等超過
十分鐘，
居然賣完了？

非常抱歉。

乾脆一開始就說
是限量的不就好了嗎？

對不起、
對不起，
這位客人。

一大早就⋯
真是的⋯⋯

不好意思。

【電梯】

匡匡！

最後那句話
早知道就不說了，
我幹嘛那樣啊⋯
因為昨天沒睡好，
加上有點感冒的
徵兆⋯⋯

熟悉的滋味

我的上司很喜歡午餐會議。

時間不多了，我們就一邊吃三明治，一邊開會吧！

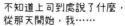
不知道上司到處說了什麼，從那天開始，我……

徐橘有點……

噓！

??

我趕快去餐廳吃個飯，馬上就回來。

新人時期第一次的反應。

成為了只顧自己，不喜歡跟人合作的新人。

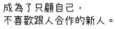

哈哈，因為徐橘本來就不喜歡加班嘛！

…？有人會喜歡嗎？

……隨便妳。

這個是比我想的……

還要不錯的設定。

我的工作都做完了。

我要先下班囉～

← 只顧自己，不喜歡跟人合作的第七年老員工。

上司！謝啦！

因為煎雞蛋乖乖報到

　　用餐盤盛了兩個又圓又漂亮的煎雞蛋。宛如一顆小巧礫石的蛋黃,蜷縮在油油亮亮的蛋白上。這是顆全熟蛋。看它的中心酥脆又泛著油光,這似乎是用半煎半炸的方式烹調而成的。將煎雞蛋放在雪白的米飯上,再以醬油畫出一個漩渦紋樣。這是隔了許久才在公司吃的早餐。

　　員工餐廳的早餐供應時間只到正常上班時間的

二十分鐘前為止。不禁讓人覺得太苛刻了。還是新人的時候，我總會提早到公司，每天準時到員工餐廳吃早餐。當時，把飯吃完之後，還有時間去化妝室刷牙，再回到辦公室繞一圈，和同事們打招呼。「哈囉」、「你好」、「早安」。那個時候，說出這些問候的話就好像在道歉一樣，是個還不知道分辨有禮貌和畏縮之間差異的時期。自己做錯事的時候道歉；他人做錯事時，也糊里糊塗跟著認錯。現在的我，總是好不容易趕在上班時間前抵達公司，所以不太吃早餐。而且，不再主動先向人道歉，也不會先開口打招呼。當然，對組長還是會打個招呼。

「您好。」

在休息室喝了咖啡，然後前往大會議室。在那裡，透過公司內部廣播，為我們播放CEO特別講座。今天的主題是「危機經營」。自從我入職之後，每年都是危機，想必在我入職之前也是危機，說不定在創業的瞬間，也是高喊著「危機！」開始的。

就像是一群「危機中毒者」。難得好好吃了一頓早餐，一陣陣睏意因為飽足感而緩緩襲來。當我回過神，特別講座已經結束了。

「徐代理，妳睡得很香耶？」
「我睡得很飽。」
我摳掉根本不存在的眼屎，噗哧笑了一聲，回答道。

突然，我好想讓七年前那個還是新進員工的我，看看現在的我。妳變得這麼油條了！不會因為上司的一句話而害怕得瑟瑟發抖，也不會再因為公文被退回來一次，就覺得天快塌下來。把公事和自己的生活徹底分開，而且不會輕易受傷，世界上最灑脫的上班族就在這裡。那麼，身為新進員工的那個我一定會這麼問：「不過，我下巴的線條和腰部的曲線跑去哪裡了？沒有一絲皺紋的額頭和充滿彈性的臉頰呢？總是說：『在這逃跑就輸了。』而奮力掙扎的每一天，還有和上司發生意見衝突後，在計程車上狼狽地流下的那些眼淚和鼻涕呢？那些生疏、青澀的一切，到底去

了哪裡？」

　　把桌上的東西到處收拾整齊，然後坐了下來。大概是吃了許久不曾吃過的早餐，腦袋都在胡思亂想。就像新人時期有重要意義，曾經美好一樣。

● 今天的菜單
白飯｜煎雞蛋｜鮮辣萵苣｜便當用海苔｜牛肉蘿蔔湯

鞠躬 鞠躬

徐代理，我可以看這張照片嗎？

好。

那個人是新人吧？

對。

這是代理還是新人的時候嗎？

是～

看來已經適應公司生活了呢！

哇啊！

臉上不再有笑容了。

♪～

「哇啊」？什麼？怎麼了？

熟悉的滋味

和解就在下班前。

拌飯的聲母是「ㄅㄈ」

員工餐廳的拌飯始終如一。香菇、菠菜、蘿蔔乾、櫛瓜、豆芽菜、煎雞蛋，再自己加入適量的辣椒醬和香油就大功告成了。雖然不是特別美味，卻也是很難不好吃的組合，所以如果沒有特別想吃的餐點，我常常會選擇拌飯。其實今天我更想要吃安東燉雞，但是時間不夠，於是選擇了等待隊伍比較短的拌飯。因為我必須在三十分鐘內吃完，回到辦公室。今天是舉辦「迷你奧林匹克」的日子，導致午餐時間活生生

被砍了一半。

「迷你奧林匹克」是每月一次，部門裡的所有組別聚在一起玩遊戲的活動。雖然是為了組織文化而舉辦的活動，但是不惜占用午餐時間也要創造的文化究竟是什麼，實在讓人摸不著頭緒。總之，我早早吃完午餐，和組員們一起前往事先公告的場所——大會議室。今天的遊戲是「電影名稱聲母猜謎」，亦即看到「ㄒㄔ」，猜出《小丑》的遊戲。因為我不太看電影，心想：應該有人會看著辦吧？然後自顧自地開始發呆。突然，我和組長對上了眼。

「讓徐代理參加就可以了嘛！她不是國文系的嗎？」
「沒錯，她是國文系的。我們組裡有專業的！」

我不是國文系，而是國文教育系畢業的，現在還從事著和國文及教育皆不相關的職業。雖然是理所當然的事，不過不論是國文系或國文教育系都跟聲母猜謎無關。我可不曾修過「聲母猜謎教育論」之類的課程。

但是，我還是上場參賽，最後猜中了「ㄅㄨㄍㄐ　ㄏㄩ」和「ㄅㄒㄧㄉ」兩題。

　　我接受著組員們的掌聲回到座位，大學時期的回憶像跑馬燈一樣，突然從我的腦海中閃過。我想起了需要熬夜做報告的現代小說教育論、抱著數十本參考書籍住在圖書館的音韻教育論、為了分組報告而熱血奮戰的古典詩歌教育論。我不是為了參加聲母猜謎，才經歷那番辛苦。我又想起了擔任實習老師的時候，為了配合叛逆期國中女學生的喜好，假裝成自己根本不認識的偶像團體的粉絲，還有想要準備教師聘用考試而第一次前往鷺梁津，最後在天橋下哭泣的那個晚上。我可不是為了猜中《博物館驚魂記》和《地心引力》，才那麼拚命讀書。

　　那麼，究竟是為了什麼呢？為了得到獎學金？為了得到好的成績，畢業後應徵上好的工作，以此獲得安定的收入？

　　這麼看來，結果算是為了錢而讀書。在公司接受

徵召參加聲母猜謎，也是一件可以賺錢的事。我剛剛
利用我的專業知識，多賺到了一口飯吃。這不是一件
丟臉，也不是什麼悲慘的事。

● **今天的菜單**

拌飯＋煎雞蛋｜小黃瓜涼湯｜炒魷魚絲｜醬黃豆

就職之後最常聽到的話。

妳從國文教育系畢業，為什麼不去當老師，反而來一般的公司上班？

請慢用。

謝謝。

因為不適合我。

哈哈！

幸運的雙蛋黃♡

搞清楚，過去的我。

沒有人會適合賺錢餬口這種事。

滾開！

－下班路上－

……

樂透名店

頭獎 2次

二獎 5次

熟悉的滋味

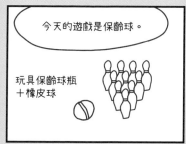

不會打。

生日紀念炒年糕

走出家門時確認了手機，看到幾家購物中心傳來的生日折價券。在公車上和媽媽通了電話，又回覆了幾則簡訊和朋友傳來的禮物兌換券。到了公司，比較早來上班的同事們紛紛對我獻上生日祝福。面對那些問我下班後有什麼計畫的人，我大大張開雙臂，讓他們可以看清楚我身上的衣服。是一件寬版T恤和寬鬆的鬆緊帶牛仔褲。

「今天又要加班嗎？」

「對。」
「天啊……」

手上專案的CEO報告就在一個禮拜之後。我工作的地方是「前期企劃部門」，負責提案新事業或新項目的初期構想。因為不是直接創造出營收的部門，評鑑成果的指標有點模糊，所以其中最能確實被肯定成果的就是CEO報告。這次，我投入的專案終於被納入CEO參與的會議議程裡了。對於今年還沒能達成一次CEO報告的我們部門來說，這是個尤為重要的場合。集結了經理、室長、組長的期待，每天都會有多到令人作嘔的回饋意見。

身為專案主導者的T科長從室長的辦公室走了出來。因為實在欲哭無淚，只好硬擠出笑臉，出聲叫喚我。

「等一下從兩點開始檢閱。」

「是。」

　　我推了推可隔絕藍光的眼鏡回答道。一開始我也有一點得意忘形，自認為我投身的專案得到良好的反應是理所當然的。但是，每天沒完沒了地被折磨，從第一個字到最後一個字反覆翻修，我也感到筋疲力竭。因為修正了太多次，最後我連一開始想表達什麼都想不起來了。吃完午餐，我暫時在休息室和組員們舉辦小型的慶生派對，並一起分食著巧克力蛋糕。

　　下午兩點開始的報告書審閱，直到晚上七點才結束。員工餐廳的供餐時間也早就過了。T科長和我離開公司，買了炒年糕來吃。因為現在白天比較長，回公司的時候，天還是亮的。

　　「這個案子結束後，我們一起去吃好料的吧！讓室長出錢，挑最貴的！」

　　因為T科長是一位賢明的人，所以沒有對我說抱歉。實在是太好了。萬一聽到那句話，我應該會覺得

很傷心。生日算什麼？只要我們還活著，每年都會有這一天。

● 今天的菜單

炒年糕

到職後的第一個生日…

因為無法無限期地繼續請假，只能在帶狀泡疹還沒痊癒的狀態下上班。

－休息室－

徐橘。

因為得到帶狀泡疹而在床上度過。

前輩
↓

如果不舒服，就去醫務室。不要一直趴在這裡。

大家會以為，我給妳太多壓力了。

引頸期盼的暑假也跟著泡湯了。

自我管理也是一種能力。

嘖⋯⋯

我知道了。

哭出來就輸了…

那麼，我已經是個輸家了！！

她一定要這麼說嗎？

就算事隔七年，還是很讓人難過呢…

熟悉的滋味

好吃的炒年糕

就算洗過，也沒能洗掉汗漬。

雖然很遺憾，不過現在只能把它當睡衣穿了。

那個時候，室長…

啊！

塞滿

塞滿

衣服是白色的，怎麼辦？

沒關係，哈哈…

被貓抓出一個洞

汗漬

解酒湯汗漬

咖啡漬

辛奇漬

炸醬汗漬

腋下發黃

我是睡衣富翁呢！

呃啊啊，暈開了。

哈哈哈…

好歹也是個富翁。

積極王！

藍天刀削麵

　　那是懸浮粒子狀態久違地顯示「良好」的日子。天空很藍，再加上不會太熱也不會太冷的天氣，正好又是星期六，可是我必須去公司……可惡！

　　上班時的地下鐵空無一人，有一股無法言喻的愉快愜意。已經認識地下鐵二號線十數年，今天看到的場景讓人感到格外陌生，好像來到了一個新的都市。抵達公司附近後，順道去了一趟無比悠閒的咖啡廳，

外帶一杯混和芹菜和蘋果的排毒果汁。我想要營造一下職場女性的感覺。至於排毒果汁和職場，以及女性之間有什麼關聯，請恕我保密。

一進入辦公室，便看到先行抵達的科長穿著一身運動服坐在座位上。雖然沒有什麼服裝規定，平時也穿得很休閒，但是在週末加班的日子，讓人不禁想要盡可能穿得更邋遢。我也穿了一件袖子已經破損的連帽T恤和腰部是鬆緊帶的褲子來加班。如果穿得像社區裡的無業遊民坐在辦公室，總覺得好像在對公司報仇。我朝著科長點頭打了招呼。

專案報告的時間是星期一，不過實在是抽不出時間一起討論，只好在週末來公司一趟。為此，我推掉了兩個約會和參加一場婚禮的機會。如果依照原本的計畫，這個時間我應該要坐在解放村的早午餐咖啡廳裡享用美食，然而現在我卻只能坐在辦公桌前敲打著發黃的鍵盤。今天必須在中午之前，完成讓雙眼快要看到脫窗的數據作業。要是沒有Excel，我們該怎麼工作？雖然很多時候都心懷感激，不過偶爾也會想要

殺了當初開發的人。今天的心情就屬於後者。

因為有個地方出現錯誤，就算套用了公式，結果卻只看到一片「#VALUE!」，讓我度過了痛苦的上午時光。

「妳想吃什麼？」

科長問道。這是一個沒有太大意義的問題。因為員工餐廳週末不供餐，我們只能在公司附近指定的餐廳使用法人信用卡支付餐費，並在事後提交收據。問題是，公司指定的餐廳數量越來越少。一開始還有六、七家，現在卻只剩下兩家而已。不是辛奇燉湯，就是刀削麵。

「我想吃刀削麵。」

在牛腿骨高湯中加入碎肉丁的安東麵風格湯麵。這家店算是這一區的美食名店，所以在搜尋引擎上可以找得到。湯頭清清淡淡，麵條則是選用中麵。光憑

這些，存在感可能有點低，但是勝負的關鍵在於鮮辣白菜。用充滿水分的白菜嫩葉加上辣椒粉、調味料拌製而成的鮮辣白菜，不知道背後隱藏了什麼祕方，吃起來格外清爽、甜美。

然而，裡面還加了很多蒜末，平日因為擔心會有異味，而沒辦法盡情享用。不過，今天我打算把腦袋整個用大蒜醃製，結果還續了兩次。

離開位於地下的刀削麵店重新回到地面上，亮度高到刺眼的天空在眼前展開。那是讓人想要設成電腦桌面的藍天和白雲。我們站在店門口，彷彿著了魔似地往上看。就在脖子慢慢傳來緊繃感的剎那，科長開口說道：

「今天好好拚盡全力結束，明天不要再來公司了。」

一陣大蒜味隨著這句話的尾音飄散出來。我忽然覺得很想哭。因為科長已經下定決心，不管要做到凌

晨一點還是兩點，今天都要結束所有的工作，隔天絕對不會再來公司一趟。雖然是寧願踩到狗屎，還是被鳥屎攻擊等級的選擇題，與其一天過勞、一天休息，我比較喜歡把工作適當分成兩天完成。但是，我必須跟隨科長的工作風格，因此今天好像會是漫長的一天。

把湛藍的天空拋在腦後，我們轉身朝著公司的方向前進。鞋底好像被塗上黏著劑一樣，無法順利邁出腳步。我只能用拿到加班津貼後，一定要買一件牛仔夾克的念頭，努力安撫自己。但是，買了牛仔夾克後又如何？頂多也是穿來公司上班。好想要就這樣一直走到公車站，然後直接搭上回家的公車。

🍚 今天的菜單

牛腿骨高湯刀削麵｜鮮辣白菜

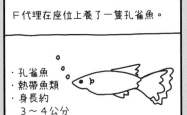

F代理在座位上養了一隻孔雀魚。

・孔雀魚
・熱帶魚類
・身長約
　3～4公分

用人類比喻的話，
在名為「地球」的水族箱裡…

F代理，
我星期六
要來加班，
要不要幫你
餵孔雀魚呢？

哇，
那就
太好了！

放入人類…

人山

人海

不過，
平常週末，
你都是怎麼
餵魚飼料啊？

首先我會在星期五
下班的時候，
餵牠們吃多一點。

卻不提供食物。

No陽光
No植物
No動物

咬

咬

呃啊！

衝擊

萬一牠們
太過飢餓，
可是會
互相殘殺。

不可以！

哈哈！帶入
感情適當就好。

輕輕拂過指尖之日的咖哩

昨天被男人甩了，今天照常上班。

　　午餐的菜單是辣炒豬肉和咖哩。我很討厭團體供餐會出現的那種形體全無、彷彿一坨爛泥的辣炒豬肉。不過，我還是吃了。非常勉強地大口大口硬吞下肚。咖哩實在是吃不下去，因為是我跟那個人第一次約會時吃的食物。

我加點了香菇，而那個人則選了生雞蛋和大蒜片當成配料。如今已經想不起來是什麼滋味，唯一記得的是，他在幫我擺放餐具時，我們的指尖不小心互相輕拂過的感覺。有點粗糙，又很溫暖。如今那股觸感太過鮮明，令我感到無比痛苦。

　　吃完飯之後，我獨自在公司附近的公園散步。每走一步，總覺得有人緊貼著我，在我耳邊悄聲說著：「那個人現在不愛妳了。」目光不管看向何處，每個角落似乎都寫上了這句話：「那個人現在不愛妳了。」剛剛下載的檔案，名稱是什麼呢？「那個人現在不愛妳了。」組長傳了訊息給我耶！「那個人現在不愛妳了。」只要三十分鐘就能結束的工作，硬是在我手上停留了兩個小時，害我還得加班。拖著疲憊的身軀回到了家。稍微哭了一下，結果累到睡著。偏偏做了又被那個人甩掉一次的夢，我只能在凌晨睜著雙眼，無法入眠。

　　人生第一次的失戀是在放寒暑假的時候，所以我在房間裡躺了一整個星期。仔細回想起來，當時充滿

了可以盡情傷心的時間。現在的我，就算整夜失眠，每天凌晨都哭得不能自已，隔天還是得面無表情地去上班。不能因為失去了愛情，結果連工作也保不住。帶著憔悴的眼神來到公司，同事們紛紛問我是不是哪裡不舒服。因為不想接受同事們無謂的關心，而且我也不曾公開自己交了男朋友，所以無法說出分手的事，只能用身體有點不適的藉口隨便敷衍過去。到了午餐時間，我乾脆不吃，直接前往位於地下室的睡眠室。在黑暗、乾燥的那個地方，我像一尾蝦子一樣，蜷曲著身體躺了下來。

經歷過幾次的離別後，我領悟了一件事——剛分手後的那段時間不是最糟糕的。最壞的情況稍晚才會找上門。不過，現在已經這麼吃力，以後會變得怎麼樣呢？因為害怕尚未來臨的悲傷巔峰，不禁屏住了呼吸。隔壁的床位傳來同事熟睡的打呼聲。

● 那天的菜單

香菇咖哩飯｜白菜辛奇｜醃黃蘿蔔

曾經的交往對象是研究生。

但是部長說了
一些無稽之談…

喔。

等一下。

這個又
被室長
看出來…

－休息室－

答辯成功
了嗎？
蛤？

還不
知道？
嗯…

啊，
我來結帳。

所以
最後
部長…

我不是說過
今天公司
要聚餐嗎？

這像話嗎？
不覺得真的
很奇怪嗎？

……

你幹嘛
嘆氣？

熟悉的滋味

徐代理現在是單身吧？妳喜歡怎樣的人？

嗯…

蔬菜咖哩

牛肉湯飯

原來她跟學生交往過啊…

只要不是學生就好。

和學生…

我喜歡上班族，而且熱愛自己的職業，還很專業、很單純又熱情的人。

徐代理想吃什麼呢？

咖哩。

這世界沒有那種人。

是沒有。

你們知道把辛奇加進咖哩，就會變得很好吃嗎？

辛奇？

又是咖哩。

條紋辣牛肉湯

「啊,總覺得今天不能穿這件衣服……」

　　走進辦公室,在座位上坐下的同時,向先到辦公室的同事們打招呼,這才意識到。F科長穿了一件和我一模一樣的衣服。那是一件海軍藍的底色配上白色線條的條紋T恤。連搭配深藍色褲子的這點也一樣。雖然這種搭配是大概在這個時候,只要站在鬧區街頭五分鐘,就可以看到十個人穿成這樣經過的安全穿

搭，但是小小的辦公室裡，在同樣的組別中，進行同一個專案的兩個人穿著相同花紋的衣服，卻是一件不尋常的事。

我費盡心思，試著找出F科長穿的和我身上這一件有何不同。材質不一樣，白色條紋的寬度也略有差異。另外，袖子的樣式不太相同，衣服的長度也稍微短一些。這麼一來，應該可以算是稍微有些不同的衣服了吧？

「你們穿了情侶裝耶！」
「如果你們並排站在一起，條紋看起來是相連的。」
「我來幫你們拍張照片紀念一下。」

我能看出F科長在我身邊咬著牙，勉強露出笑容。我也暗自咬牙切齒，顫抖著扯出一抹微笑。

這種事不只發生過一、兩次。我是世界上獨一無二的時尚界「平凡主義者」，也是喜歡超普通穿搭的

「晚期採用者」。通常我都是不斷輪流穿黑色休閒褲或標準版型牛仔褲、象牙色長袖棉質T恤等基本單品。就算偶爾進行大膽的購物，購買的對象也僅限於時尚人士在去年相同季節開始穿，今年人們爭先恐後穿上身的普遍單品。這種傾向從開始上班時變得特別嚴重。剛進公司的時候，某天穿了一件上面有著「勿忘我草」圖案的毛衣來上班，結果整天被人詢問是不是奶奶的毛衣後，情況又更加惡化了。像這樣，我這身不論混入哪個群體都不顯眼的衣服，因為其平凡和多功能，讓我常常和許多人撞衫。所以，我養成了仔細觀察身邊人們穿著的習慣。如果有人穿了跟我衣櫥裡的某一件類似的衣服，我會暗自記下，然後等到明天或後天再穿那一件衣服，這麼一來就可以避開撞衫的窘境。不過，今天是換季後第一天改穿長袖的日子，我不假思索地隨手抓到什麼就穿什麼，沒想到居然會變成這樣。

「啊，是辣牛肉湯？」
「對，是辣牛肉湯。」

F科長雙手抱胸，盡可能遮住衣服上的條紋。午餐時間，在員工餐廳的四個菜單中，偏偏都選擇了辣牛肉湯的我們，並排站在一起等待餐點，又並肩坐在隔壁用餐。辣牛肉湯散發出泡麵調味粉的味道，而且蕨菜放得太多，就算改名叫做蕨菜湯也無妨。我們就像被媽媽責罵的雙胞胎，鼓著腮幫子慌慌張張地舀起食物放入口中。接著整個下午，我們為了避免不小心走在一起，各自在自己的座位上，專注在被分配到的工作上。尤其為了費心注意膀胱的狀態，不讓上廁所的時機重疊，吃了不少苦頭。度過了莫名和加班一樣令人感到疲憊的一天，一回到家，我便打開衣櫃挑選明天要穿的衣服。帶著不跟任何人撞衫的覺悟，完成了讓自己覺得滿意的搭配。在釜山國際市場古著店買的鏤空領襯衫，配上橘色和杏色相間的花呢絨短裙。萬一連這樣的搭配也能找到打扮類似的人，我認為有需要想想那個人是不是我的靈魂伴侶，或是上輩子延續下來的緣分。

◯ 今天的菜單

辣牛肉湯｜糙米飯｜炒香菇｜醬燉豆腐｜花椰菜＋醋辣醬

為您介紹徐橘的衣櫃。

褲子全部都是鬆緊腰帶的。

因為常常坐著，已經有小腹了。

妳有看過這個嗎？

男團成員穿了日常韓服去機場。

上衣絕對都是正常版型以上。團體T恤絕對禁止！因為工作的時候，偶爾要找時間做伸展運動。

在這個網站上有賣…

是賣僧侶服的網站耶？

夏天的衣服以洋裝居多～因為可以一次解決上半身和下半身。

除了平常上班穿的，也介紹一下週末穿的衣服吧！

很潮耶！

會不會是靠臉撐起來的衣服啊？

看起來很舒適。

不，是真的看起來很不錯。

沒有。

沒有嗎？

…睡衣？

徐代理穿來公司看看呀！這樣的話，我也跟進。

哎呀，科長先穿。

不，徐代理先。

長幼有序。

熟悉的滋味

祕～密！

會長牌牛排骨湯

　　一踏進公司，就看到大廳忙得不可開交。我想起了昨天企劃組寄來的郵件，內容告知全體員工今天早上十點到中午十二點，沒事不要到處亂晃，要乖乖坐在位子上。那段時間，集團會長和總經理團將集體訪問公司。我一邊對著電梯裡的鏡子抹去眼屎，一邊默默想著。這麼說來，今天員工餐廳的午餐菜單一定是特別餐點。

心情突然變得很好。

我們公司員工餐廳的VIP室從入口開始就是分開的，所以會長看到員工菜單的機率很低。儘管如此，只要是會長來訪的時候，不知道為何都會有特別餐點。這大概是對於會長來訪的條件反射，為了種下良好的印象。

前提 1　會長來訪時，會有特別餐點。
前提 2　特別餐點很好吃。
前提 3　吃了好吃的東西，就會覺得幸福。
結論　　會長來訪時，會讓人感到幸福。

一在座位上坐定，我便打開公司內部網站，先確認今天的午餐菜單。牛排骨湯、手工炸豬排和起司焗烤義大利麵，果然和平常不一樣。然後，我抓著每個比我晚到辦公室的同事，告訴他們今天的午餐菜單。「今天聽說是特別餐點。」「你想吃什麼？」因為太興奮而口沫橫飛。而同事們反問我：「徐代理呢？」最近還不曾如此認真苦惱過一件事。

「我想吃牛排骨湯！」

那是放了兩根巨大的骨頭的牛排骨湯。我先用湯匙舀起上面浮著油脂的淡黃色湯頭。因為可能讓嘴唇四周都變得油油亮亮，我盡可能把嘴翹到最高，「咕嚕」喝下湯汁。舌頭和食道好像發出了歡呼聲。油脂！實在是！太棒了！現在，是時候舀起滿滿一勺混著紫米而顯得斑斕的米飯放在舌頭上，再利用時間差攻擊，將附著在骨頭上的瘦肉撕下，放入口中。濕潤柔軟的肉塊彷彿流水一般，順暢地滑過喉頭。溫柔地、無比溫柔地，牛排骨肉像棉花糖一樣落在腸胃裡。若有似無地從鼻尖擦過的新鮮大蔥香氣和刺鼻的胡椒香味。很好，今天的牛排骨湯是VIP——Very、Important、P……Peace。心靈的和平。

吃完午餐，我正排隊等待電梯，四周傳來一陣騷動。會長用完餐，正走出餐廳。擔心和會長四目相對，我隨即轉過身去，並蜷縮起肩膀。隱約從視野閃過的會長，看起來像是身穿西裝的平凡老爺爺。我在

心中默默地打了聲招呼。今天的牛排骨湯，謝謝招
待。希望您未來可以一直健健康康，並且不要因為不
好的事情而上新聞。還有獎金請多給一些，謝謝、謝
謝！

🥣 **今天的菜單**

牛排骨湯｜紫米飯｜涼拌橡子涼粉｜炒蒜薹｜醃蘿蔔塊

曾經預約過VIP餐廳。

這次有客人要來拜訪專務，徐代理來安排一下吧！

是。

準備要放在VIP室的茶點。

飲料已經挑好了，再去買一點餅乾吧！

確認用餐人數
調整行程
決定菜單
報銷費用

徐代理，座位安排好了嗎？

什麼？

我看一下。

四片三千韓元的高～級餅乾。

反正可以刷公司的信用卡。

隨便挑、隨便買！

原本A是上司，但是他和B的關係不太好，要讓他們兩位坐得遠一點。不過C和D的關係又不好。

呃哦哦⋯⋯

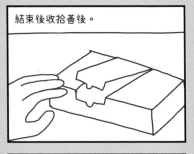

結束後收拾善後。

大家都還沒從幼稚園畢業嗎？

專心看螢幕。

是。

還剩下一個！

幸 福

熟悉的滋味

Pantone錯了！

一半是喜麵的味道

i

我慌慌張張地拿出儲存在抽屜裡的巧克力來吃。因為飢餓而天旋地轉的世界，這才恢復原狀。下午五點半，只要再過三十分鐘，員工餐廳就會開始供餐。今天我們全組都得加班。

菜單是喜麵和清麴醬。因為我不敢吃清麴醬，沒有選擇的餘地，只能站在喜麵的隊伍。雖然不清楚團體供餐的地方是否都一樣，不過在這裡會先將麵條和

高湯分開，等到領取時再將兩者混在一起。

雖然比起吃到被泡爛的麵要好一些，但是因為麵條沒能充分吸收湯汁，味道實在很清淡。還好有雞蛋絲和碎海苔、切碎的辛奇等配料，讓我勉強吃到了一點鹹味。雖然不知道究竟好不好吃，我還是呼嚕嚕地連湯也全都喝光了。得先填飽肚子，才能工作到很晚。

「我們今天幾點才能回家呢？」

同組的組員一邊舀起一匙泡在清麴醬湯裡的米飯放入口中，一邊問道。雖然聽起來是個問句，但是大家都很清楚他不是因為好奇才問的。八點、九點、十點……大家各自回答了自己理想的下班時間。

剛吃完飯就坐在位子上，感覺有點消化不良。肚子脹滿了氣體，還放了一個屁。本來想偷偷排氣，不過實在沒辦法，只好跑了一趟廁所，卻又接到媽媽打來的電話。

「妳在家嗎？」

「不，我還沒下班。」

「辛苦妳了。」

「媽，妳打通電話給公司，叫他們不要讓我加班。」

　　媽媽咯咯笑了出來。在一旁聽著我們母女倆的對話，突然接過話筒的爸爸用無比坐立不安的語氣，告訴我工作多的時候才是好的。看來他是在擔心我因為不想加班，就衝動地決定明天立刻辭職。在走回座位的路上，我打開銀行的應用程式，確認了剩餘的房貸金額。很快就能還完了……只要再工作二十七年……接著，我順便打開家庭監視器應用程式，看到了睡在我被子上的兩隻貓咪。牠們蜷縮著身體的樣子就像兩坨便便一樣，讓我不禁笑了出來。

　　過了晚上十點，工作依舊還沒做完。我不禁感到胸悶，還一直打嗝。每當我打一個嗝，喜麵的餘味就會在口中令人難受地擴散開來。有素麵、醬油調味

料、辛奇配菜的鹹味等味道。突然，我的腦中冒出了以後若是提到喜麵，比起媽媽煮的，我會先想起現在已經消化了一半的員工餐廳喜麵。這還真是有點可怕的預感。

◯ 今天的菜單

喜麵｜綠花椰菜＋醋辣醬

加完班回到家後…

如果不得不吃消夜，

就要挑卡路里低的吃！

——蒟蒻麵

我會吃宵夜。

嘶嚕！

其實肚子不會餓…

!?

而是因為把食物放進口中、咀嚼、吞嚥可以由我自己作主…

跑哪去了呢？

熟悉的滋味

通常都會聊什麼呢？

居然是鍋巴沙拉

公司研修院的員工餐廳裡，有個名為「口味櫃檯」的自主配餐櫃檯。作為五天四夜研修活動的最後一餐，今天的午餐是鍋巴沙拉。從學校團膳、學生餐廳乃至公司聚餐，可說是我出生二十三年來第一次看到的菜色。仔細觀察實物後發現，貌似米花糖又像油炸泡麵塊的黃色鍋巴塊被優格醬覆蓋，裡面還混著罐頭鳳梨和罐頭玉米粒。這是什麼？久違地遇到了無法想像味道的食物。

我姑且盛了一點。雖然平常對於吃的我是那種不害怕冒險的個性，不過這道菜的外貌，真的讓人很難拿起筷子。圍坐在同一張餐桌的同事們也說，這輩子第一次見到這樣的組合，各個都難以掩飾自己的驚訝。

　　把今天的主菜——凍明太魚燉湯和醬牛肉吃光後，我正要把剩菜剩飯都集中倒入湯碗裡時，突然覺得多少得試試看味道，於是夾起了一塊鍋巴。放在鼻子前聞了聞，一股混和了酸甜鳳梨香和優格香、香酥鍋巴香的氣味撲鼻而來。接收到嗅覺情報的大腦發出不要吃的強烈訊號。我暫時忽視這則訊號，並用門牙咬了一口。被甜甜的醬汁浸濕的鍋巴咬起來軟綿綿的，還黏在了牙齒上。我告訴同事們不要吃這道菜，但是盛了這道菜的人只有我一個人。走出餐廳，我們以冰淇淋當賭注玩起了猜拳。結果幸好不是我請客。我用抹茶冰淇淋去除了殘留在口中的鍋巴沙拉餘味。

　　午餐過後的行程非常簡單。看過幾段可以激起工作熱情的影片，並公布表現優秀的組別後，就是結業

式。我和在研修期間一直與我同房又同一組的A代理打了聲招呼。「我們改天一定要一起吃飯。」「如果妳剛好來到孔德站附近，請跟我聯絡。」即便知道是個實現機率非常低的約定，我們還是笑著向對方點了點頭。我們分明度過了一段愉快又親近的時間，不過還是希望有人可以教教我們，在和沒有親密到會私下刻意抽出時間約出來見面的人分別時該怎麼做。

這次的研修原本是為了所有子公司科長舉辦的晉升課程。但是因為我們公司的職等體系改變，結果變成和晉升沒什麼關係的研修活動了。這是一段和平又稍嫌平淡的時間。在回程的巴士上，我一直打著瞌睡。

● 今天的菜單

雜糧飯｜凍明太魚燉鍋｜醬牛肉雞蛋｜炒蒜薹｜鮮辣白菜｜鍋巴沙拉

-研修的休息時間-

爸,你剛才打給我?

我在參加公司的研修。

好了,大家都醒醒!答對這個問題的人,可以得到三張好棒棒貼紙。

啊～妳去研修了啊!去那種場合,妳只要…

唉…都已經是成年人了,還要什麼好棒棒貼紙?

還不如多給一些休息時間吧!

一直打瞌睡就好。

世界上暴力份子最多的國家是…?

智利!!是智利!!

請給我!!三張!!好棒棒!!貼紙!!

奇特的滋味

參加研修期間，我都住在公司宿舍。

清新的空氣，翠綠的高山～

悠閒的上下班～

我們都迫切地盼望著妳回來。

每到下午三點都會有點心。

嘿…不過你是哪位？

飯後還會有充裕的自由時間。

零食

最讚

唉呀～還會是誰？

工作

工作

工作

工作

－回到公司－

徐代理的氣色變好了耶～

哈哈！

胖胖

你的工作也會變成我的工作的奇蹟一週。

瘋子們的明太子奶油烏龍麵

約定場所是公司附近的無國界料理餐廳。因為會議時間延長，當我姍姍來遲時，代理和一位同事已經坐定位。還沒來得及打招呼，我急著想先點一份明太子奶油烏龍麵，卻聽他們說已經幫我點好了。

明太子奶油烏龍麵是這家店的招牌菜。手工製作而富有彈性的生麵和明太子醬的組合堪稱一絕。加了醬料的各種菇類則負責呈現豐富的香氣和咀嚼時的口

感。

　　密密麻麻撒在烏龍麵上的蔥花中和了奶油的油膩。此外，一定要加點炸蝦當作配菜。將碩大肥美的蝦子其中一面稍微沾一下醬汁後放入口中，便能同時享受多汁和酥脆的口感。光是想到就令人不禁狂吞口水的滋味。過了十幾分鐘後，引頸期盼的餐點被端上桌。我們暫時停止聊到一半的話題，連忙拿起了筷子。

　　這是只有三個關係親密的人聚在一起，舉辦的簡單歡送會。B代理只做到這個月，然後就要前往德國漢堡留學。呼嚕嚕地把麵條吸入口中的同時，B代理開口抱怨道，這該死的公司連離職流程也很繁瑣，並露出厭煩的表情。我一面專心享用著餐點，一面心不在焉地點頭。

　　「真的素環鼠人惹。」
　　「嗯嗯，對啊！」

不停動著筷子的B代理指甲上，水鑽正閃閃發光。看著它那璀璨的光芒，我想起她曾經在業務評鑑期間，因為預約了美甲店而拒絕了組長的面談邀請。這件事流傳至今，已經成為公司膾炙人口的傳說之一。除此之外，還有在暑假期間連續使用十五天的特休，飛去歐洲玩了一個月，或是在烤肉店聚餐時，大家都點了豬五花肉，卻只有代理的那桌點了韓牛牛肋條，還曾經穿著高跟鞋和迷你裙搬運影印文件，結果卻在會議室前摔了一跤……圍繞著代理的傳說和她短暫的在職期間相比，數量十分龐大。

　　盤子很快就見底了。餐點全都吃完之後，因為沒什麼話好說，只能互相大眼瞪小眼。每次見面總是為了罵公司而覺得時間不夠用，但是現在真的因為討厭公司而要離職的人就在眼前，反而不知道該說什麼。我們斷斷續續地繼續聊著，接著各自看了一眼手機，然後從座位上站了起來。打著招呼和我們分開的B代理看起來很是開朗。

　　她是我們部門的頭號「瘋子」，因此隱約受到排

擠。我曾看過好幾個模仿B代理混和鼻音的特殊語調，並在背後說她壞話的人。她說過的話、做過的行動、穿著打扮、上傳到社群平台上的每一張照片都化身八卦，成為人們議論的話題。其實我也常常身處在那種場合，甚至贊同他們的言論，並一起笑鬧。所以老實說，我很喜歡代理，更準確地說，是喜歡她待在我們這個部門。因為多虧了B代理的各種「瘋子」行徑，我輕微的反社會行為才得以被埋藏起來。現在她要離職了，我也失去了盾牌。這麼一來，我說不定會成為最「瘋狂」的人。這使我感到害怕。

回家的路上，我打開通訊軟體，並點開B代理的大頭照觀看。那是她在攝影棚拍攝的照片，不過我曾聽到有人批評她的衣著太過暴露。我按下了和她的聊天室，寫下「今天很開心，回家請注意安全」，但是最後還是直接刪除了。

● **今天的菜單**
明太子奶油烏龍麵｜豬肉起司薯條｜唐揚雞

奇特的滋味

喜歡迎賓飲料的
螞蟻陷阱

玻璃杯中裝著玫瑰色的璀璨液體、冰塊，以及一隻螞蟻。我靜靜俯視著紅色的螞蟻拚命掙扎著想要從杯裡逃脫的樣子。坐在印尼雅加達某個家庭的沙發上，包著頭巾的主人向兩手緊抓住迎賓飲料，也不打算喝，只是靜靜看著的我說了些什麼。儘管聽不懂，但是看他的樣子，似乎是在問我為什麼不喝。我抬起頭，對他露出了模稜兩可的笑容。

「Home Visit」翻譯成中文是「家庭訪問」，即訪問消費者的家，觀察他們使用產品或服務的樣貌，並進行採訪的調查方式。因為這次的目標市場是東南亞，於是來到了印尼雅加達進行家庭訪問。一抵達機場，潮濕又炎熱的感覺立刻襲來，我有預感這次的出差絕對不會那麼輕鬆。在國外的家庭訪問是以英文即時口譯進行，因此很需要集中力和體力。從機場前往飯店，再從飯店到業者的辦公室，最後從辦公室前往第一個家庭，在移動的過程中，已經可以確定這次的訪問完蛋了。根本沒有一丁點的集中力，而且只要呼吸，就會陷入精神昏迷。實在、實在太熱了，我的肺裡好像有炭火在燃燒。

因此，抵達院子裡有茂密草叢的第一戶人家，看到主人端出滿是冰塊的迎賓飲料，我的臉色瞬間緩和了下來……直到我看到那隻螞蟻之前。回想到這裡，那隻螞蟻已經被迎賓飲料淹死了。不知不覺間，主人正笑著和主持人對話。我悄悄將玻璃杯放回桌上，然後把筆記本放在膝蓋上。紙張的一角，有一隻和剛才死去的螞蟻長得一模一樣的螞蟻爬行著。

我看向牆壁，有一隻黑色的蜥蜴倒掛在那裡。再往下看著沙發，有一隻細長的蜘蛛正朝著我爬來。重新望向筆記本……一轉眼就來到筆記本中央的螞蟻，正慢吞吞地橫越「家庭訪問1」的字樣。瞬間，我的小腿、手臂、脖子突然開始搔癢到讓人受不了。

不知道主持人說了什麼笑話，逗得主人哈哈大笑。我雖然也想一起笑，但是不行。小時候的我是個喜歡把螞蟻丟進養樂多瓶裡，以此為樂的殘忍小孩。我還記得自己曾經抓了蜻蜓並綁上一根線，把牠當成風箏玩。這說不定是那些惡行的報應。昆蟲們的網路肯定超越時空，連接全世界。在這無處可逃的炎熱異國，我動彈不得地落入了牠們的陷阱。

● **今天的菜單**
冰茶

第二場家庭訪問時，因為我們實在覺得太熱，主人於是端出了冰棒。

他說要請我們吃。

結果用猜拳決定。

榴槤　　中獎

啊啊…

STROBERI　DURIAN　CACAO

榴槤的含量…

會不會太高了？

臭臭　臭臭

DURIAN

榴槤!?

嗯？

比想像中還好吃耶？

草莓　榴槤　可

比想像中的好吃。

呃…嗯…

臭臭

雅加達的購物中心超涼快。

SPA時尚賣場、韓國化妝品店

當地市場＝戶外＝很熱

全球連鎖咖啡廳

被組長知道就糟了。

奇特的滋味

五點開賣的港式點心

搭乘早上的飛機一抵達廣州，馬上就去開會。等到我打起精神一看，已經是下午四點了。直到現在都還沒吃午餐，我感覺眼前一陣天旋地轉。不過，想要就近隨便挑一家餐廳填飽肚子的我，卻被前輩阻止了。

「已經工作到累得像條狗了，你居然想要隨便吃吃？」

當然不是！我隨即在入口網站上搜尋「廣州美食」，找到一些最近在當地人之間廣受歡迎的港式點心店。接著，我們毫不猶豫地跳上計程車。飢餓已經超過臨界值，我們的身體都是有氣無力的狀態。今天吃過的餐點只有在飛機上吃的那份沒有牛肉的牛肉飯，而且還剩下超過一半沒吃。為了安撫因為糖分不足而顫抖的手腳才吃的那些糖果，究竟該不該算是一餐呢？前輩的狀況也與我沒有不同。我們瞪大雙眼，焦躁地啃咬著手指甲。計程車司機哼唱著優美的中國歌曲，並繞了遠路，而用雙眼追蹤著地圖應用程式上標示的「目前位置」，讓我原本已經很蠟黃的臉色變得更加蠟黃，雙腿也不禁抖了起來。正好車外無緣無故下起了暴雨，導致越往鬧區前進，車潮跟著變得越多，那首中國歌謠同時達到了高潮，坐在我身旁的前輩也緊緊握起了拳頭……聽到計程車司機宣布抵達了目的地，我們隨即跳下車，就像台灣青春愛情電影的主角們一樣，只不過我們帶著過度飢餓的表情，穿過大雨衝進店裡。

　　「+x+=%W!@#」

「This one, please.」

「!@##★%=」

「What?? This one, this one.」

　　比手畫腳了好一陣子後，我們才知道下午五點才可以點餐的事實。現在時間是四點四十二分，還剩下十八分鐘。十八、十八……我們就像遇到慘事的人坐在座位上。例如，為了向部長報告而打開了最終報告，卻發現是只寫了標題的初期版本，或是在內部通訊軟體上聊著上司的壞話，孰不知當事人就站在身後。還有像是偶然得知坐在隔壁座位的同事得到比我多兩倍的獎金，抑或是因為房東想要提高全租的押金而向公司打聽貸款事宜，結果卻得知我已經沒有任何額度了。思緒接二連三冒出，在我們悲傷又飢餓到腸胃就快打結的時候，時間終於來到下午五點了！

　　點完菜並等待著上菜的時候，我們這才稍微鬆了口氣，得以隨意談笑。不管我怎麼想，前輩的孩子喜歡水蜜桃果汁並不是一件足以讓人捧腹大笑到瞇起雙眼的事。緊接著，等待已久的港式點心開始一道道被

端上桌。小心翼翼地將冒著雪白熱氣的小籠包放到湯
匙上，用顫抖的雙唇咬下一口，滾燙的肉汁立即流入
口中。我的眼淚也差一點跟著流了下來。

● 今天的菜單

小籠包｜紅米腸粉｜鮮蝦燒賣｜蝦餃｜蛋塔

前往廣州的目的是和業者開會，
並參觀展覽。

展覽館
超大的！

我也要！

從開放時間前，
就在等待的大量人潮。

哇…

？

時間已經到了，
為什麼還不開門…
我的腿好痠。

要不要靠牆壁，
坐一下地上呢？

一窩蜂

怎麼辦？

在展覽館迎接的午餐時間

好不容易找到了座位。

好哩家在。

當天晚上，飯店

廣州的夜景…

燉雞肉、湯和飯

真是壯觀。

哇！

檔案如果都上傳好了，可以寄給我嗎？

別哭，哭了就會想睡。

是…

☆撰寫出差報告中☆

比我做的還難吃。

嚴重的批評

因為是展場嘛！

徐代理，妳說妳帶了杯麵來吧？

對。

咕嚕嚕

廣州充滿淚水的杯麵。

奇特的滋味

今日的墳墓，
昨日的牛排

我在公共墓園裡迷路了。蜷縮在破碎的墓碑旁，我重新開啟地圖應用程式，看到四處胡亂延伸的路線，不禁嘆了口氣。

難怪我總覺得這次的巴黎出差之行太過順利了。因為在晚餐前結束了大部分的業務，晚上吃了法國正餐，然後沿著塞納河畔散步。閃閃發光的艾菲爾鐵塔和微濕的街道，讓我完全沉浸在巴黎人的感性中。當

時的我心想，如果可以在巴黎再多留一天就好了。難道是我不該有這種想法嗎？從巴黎戴高樂機場飛往仁川國際機場的班機，在起飛兩個小時後，因為機體發現缺陷而返航。

當時是凌晨三點。航空公司分發給我們飯店和餐費的抵用券，並告訴我們明天替代航班的時間。為了前往分配好的飯店，旅客們分組搭上了計程車。但是計程車司機不會說英文，而我和同車的乘客們不懂法文。拿著用來折抵計程車費的抵用券發生了小爭執後，好不容易才抵達飯店，躺在了散發陣陣異味的棉被上。

雖然因為疲憊和緊張而全身發抖，但是我費盡心思想要轉換心情。可以待在巴黎一天不用去公司，已經很不錯了。而且明天班機的出發時間是晚上七點半，至少可以去一個景點逛逛再走。我決定多少睡一下，在恢復力氣後早點出門。不管去哪裡，我都要充實度過這偶然得到的一天。

所以我來到距離最近的觀光景點——公共墓園「拉雪茲神父公墓」，結果就這樣迷路了。我對著從剛剛就一直見面的巨大門型墓碑打了聲招呼，然後焦躁地按著地圖應用程式的方向按鈕。突然，我想起了國中同學。她說自己因為男朋友是個路痴，覺得太鬱悶而決定跟對方分手。不知道她是在開玩笑，還是認真的，不過如果路痴也是一種罪，我應該是無期徒刑⋯⋯甚至死刑⋯⋯

　　雖然不知道自己目前身在何處，不過可以確定的是，我現在正慢慢往深處前進。四周都是明顯被長年丟棄不管的老舊墓碑。這股莫名的寒冷應該是我的錯覺吧？在這種情況下，我居然開始肚子餓了。時間已經是下午一點了。

　　昨天的午餐因為是巴黎出差之行的最後一餐，我吃了一頓豐盛的套餐料理。用馬鈴薯捲起來，炸得酥脆的炸蝦是開胃菜；不斷流出油脂的巨大帶骨牛肋排是主菜，而香甜柔軟的奶油布蕾則是餐後甜點。因為吃了餐前麵包和開胃菜便已經覺得很飽的我，沒能把

牛排吃完。烤至三分熟而還泛著紅色，輕輕一按就會因為彈性回彈微微晃動，並不斷流出美味肉汁的，那塊溫暖又柔軟的……牛排。

　　我……居然……沒能把那個吃完。

○ **今天的菜單**

馬鈴薯捲炸蝦｜帶骨牛肋排｜奶油布蕾｜碳酸水

因為身體排斥酒精，
平常就不太喝酒。

嗯…

我想要
喝一杯餐廳
特色酒。

↑
同行的同事

One house wine,
too.

哦～怎麼了？

都來到
法國了，
不管怎樣
也該喝杯
紅酒…

What do you
think of that,
Miss Seo？

I'm…

哇！

完全不懂
這是什麼
味道。

Fine, thank you.

用餐後，和當地業者開會

And y…

喂！

這樣算是條件反射了。

奇特的滋味

都是因為土耳其軟糖

「You bad guy！」
翻譯的話，就是「你這個壞男人！」

我現在非常生氣。

組長說，出差回來可以不用買禮物送他，但是他想要吃土耳其軟糖。連日持續進行的研討會和會議，讓我抽不出時間，好不容易才得以在最後一天來到鬧

區。這裡是我第六個出差地點——土耳其的伊斯坦堡。

土耳其軟糖是彷彿混和了軟糖和焦糖的口感，上面點綴著各種堅果的土耳其傳統點心。因為原本就是著名的觀光特產，不管去哪個市場，從入口處就可以看到長長一排的專賣店。商人們笑吟吟地遞上試吃的樣品，我便糊里糊塗地吃了幾個。和我預想的一樣甜，不是我喜歡的口味。隨意嚼了幾下後，就把那個糖塊吞進了喉嚨。殘留物黏在牙齒上的感覺無法輕易消除。和我同行的同事似乎正在煩惱該挑選什麼口味。我沒有多想，直接買了包含各種口味，包裝看起來最大、最華麗的產品。反正是要送人的。

購物結束後，趁著來到市中心的機會，順便去了「聖索菲亞大教堂」和「塔克西姆廣場」參觀。那是個涼爽的秋夜。各種膚色的人們各自成群結隊喧嘩著。迄今只在辦公室和會議廳之間行動，來到觀光景點後，這才有了來到異國的感覺。我沉醉在風景和氣氛裡。我們看著併攏前腳坐在花壇上的條紋貓，彷彿

看到世界上最有趣場面的人一樣咯咯笑著。一位在街邊販賣鮮果汁的青年向我們搭話。「Hello！こんにちは！泥豪！」如果是昨天，我根本不會回應他，不過今天我心情好。

「你好。」
「豪漂釀！豪漂釀！」

難得聽到有人稱讚我漂亮，正好也覺得口渴，於是決定買杯果汁來喝。遞給我們兩杯石榴果汁的同時，賣果汁的青年表示想要跟我一起拍張照。我走到他身邊，與他並肩而立。正當同事在設計相片的構圖時，他摸了我的屁股。

一開始以為他是不小心碰到，所以只是稍稍側過身。但是，他的手指又再次執著地黏了上來，我立刻意識到自己遇到性騷擾了。因為太過慌張，我想不起任何一句英文的髒話，於是只能大聲喊叫。

「You bad guy！」

男子眨了眨眼睛，不好意思地笑了出來。

「豪漂釀！豪漂釀！」
「閉嘴！你這個臭小子!!!!」

　　我和他一發生爭執，人們便開始往我們四周聚集，害怕的同事隨即拉住我的手臂。因為同事一直說，早知道就快點把照片拍完，都是因為自己拖拖拉拉的，才會害我遇到這種事，覺得很對不起我，所以我也假裝自己沒事。其實我覺得很有事。躺在飯店的床上，我就像洗澡洗到一半，不小心鬆手被放開的淋浴器一樣，不停掙扎著。在看似若無其事的那個男人面前，只有我一個人大吵大鬧，最後還是被他逃過一劫，這讓我無比氣憤。應該要好好抗議才對。如果因為我今天不了了之，就這樣放過他，日後又出現其他被害人，那該怎麼辦？但是在語言不通的異國，我又能做些什麼呢？

　　因為實在太過鬱悶又氣憤，我把土耳其軟糖禮盒用力丟在地上。如果不是組長吵著說想要吃這個東

西，我就不會跑到那個市場，也不會發生這些事了。我生了好一陣子的氣才走下床，撿起掉在地上的盒子，攤平被壓皺的邊角。

隔天我拜託同事不要將這件事告訴公司的其他同事。因為我不想要被人非議，也擔心被公然當成性慾客體，但是我還是莫名覺得這樣的自己很卑鄙。這股忐忑不安的感覺久久無法散去。

🍚 **今天的菜單**

土耳其軟糖（試吃）｜石榴果汁

伊斯坦堡加拉塔大橋上

鯖魚三明治？

我在社群上看過這個。

我不太能吃羊肉。

羊肉超好吃的說…

嗯。

看起來好像很腥。

羊肉！羊排！

請給我牛排。

哦！很好吃耶！

比想像的還要清淡耶！

徐代理不挑食，什麼都吃得很津津有味呢！

真羨慕。

這個在韓國應該也會賣得很好吧？

要不要一起創業？

←客套

好啊!!

客套↗

哈哈，這該說是生存能力嗎？

有點腥羶味，不過我要全都吃完。

奇特的滋味

伊斯坦堡業者舉辦的交流派對

嘰哩… 瓜啦… 嘰哩…

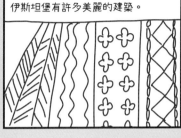

伊斯坦堡有許多美麗的建築。

Uhm…

這條圍巾
看起來很樸素，
在韓國也可以用。

拚命　　轉動眼球

－在韓國上班－

呼！

妳在伊斯坦堡
買了圍巾啊？

哈哈！

在搭KTX時看了也知道是伊斯坦堡買的。

曾經是組長的他
與代餐奶昔

他慢慢走近。我為了迴避視線而低下頭，暗自祈禱。不要過來……請你不要過來，拜託……！還沒等我默念結束，我前面的座位就傳來椅子被拉開的聲音。他是曾經帶領我的組長，現在已經離開組長職位的G部長。

「這是什麼？」

他用下巴指了指放在我面前的寶特瓶。

「這是代餐奶昔。」
「啊，流質食物？」

雖然不知道他想要表達什麼，我還是先點了點頭。因為最近要好好吃一頓早餐不太容易，才開始吃的產品。寶特瓶裡裝了穀物粉，只要加入水就可以吃了。味道很像麵茶。

「果然是千禧世代呢！」

雖然疑惑千禧世代和代餐究竟有什麼關係，我也只是笑了一笑。因為我覺得現在應該要笑一下，然後閉上嘴。在空蕩蕩的休息室裡，偏偏坐在我眼前的位子，這就表示他應該想要跟我對話，但是我不想要回應他的這個想法。

他從我到職時開始，就已經擔任組長一職，還曾經優秀到被列為主管候選人名單中，但是後來野心勃

勃地為了負責公司內部風險管理專案而離開了我們部門，最後卻華麗地以失敗收場。時隔一年再次回來時，所有組長的職位都已經有人擔任，沒有可以讓他容身的組別。

「公司生活還好嗎？」
「還好，馬馬虎虎。」

我們有一搭沒一搭地聊著「天氣好好」、「時間過得很快」等和誰聊都沒有關係的話題，中間還穿插著比聊天的時間更漫長的沉默。首先站起來的是G部長，我則坐在原位把剩下的奶昔喝完。沒能溶解的穀物粉結成塊，讓口感變得沒那麼滑順。

他在擔任組長的時候，我連續兩年在人事考核上得到最低分的C。我受到非常大的打擊，因為只要再得到一次C，我就會成為績效管理對象。在他前往內部風險管理部門後，新任的組長給了我A。那是一件值得慶幸的事，也讓人覺得滿好笑的。不管怎麼想，我身上沒有發生過那種可以在一年之間，讓工作能力

從C變成A的戲劇性變化。

雖然曾經討厭過G部長，但是現在只是覺得有點不自在，對他並沒有什麼負面情感。因為他已經成為對我無法造成任何影響的人。在公司裡，「沒有影響力的人」不如「工作能力不好的人」，所以他們連接受評價工作能力優不優秀的機會都沒有。G部長在復職後，沒有負責任何工作，只是整天坐在位於辦公室偏僻角落的座位上。他每天都和誰去哪裡吃午餐，也沒有人知道。

每次看到像幽靈一般在公司裡走動的G部長，就會令我想到無法成為高階主管的五十幾歲上班族的生活。那會不會是我的未來呢？我究竟能夠在這家公司工作到幾歲呢？

● **今天的菜單**
黑豆代餐奶昔

主要當作早餐吃的東西：

①年糕

優點：飽足感
缺點：卡路里

數據排列整個
亂七八糟嘛！

啊，
那個…

②御飯糰

優點：方便
缺點：受歡迎
的口味
很快就會
賣光

我說過多少次，
要依照日期排列？

代理…

③水果

優點：感覺很
健康
缺點：碳水化合
物不足

妳今天沒吃早餐吧？

對，
怎麼了!?

④水和空氣　　優點：不會胖

快點去吃吧！

在我回來之前，
把這些都修正好。

真想
把她…

缺點：刺激暴力性

奇特的滋味　　　　　　　　　　　　　　116

就像一開始就沒有那個人一樣。

重力對咖啡造成的影響

早上一起床，重力又再次將我拖回被窩。關掉鬧鐘入睡的我，又再次帶著絕望的心情從床上爬了起來。

我搭著計程車上班。正當我氣喘吁吁想要通過公司入口，閘門卻怎麼感應都打不開，於是低頭一看，發現自己居然誤把交通卡當成識別證。我趕緊從包包裡拿出識別證重新感應。離上班時間還有一分鐘，安

全上壘。安心地鬆了口氣，我搭著電梯上樓，接著直奔休息室的咖啡機前。把隨行杯放到咖啡機的出水口，正想要按下「美式咖啡（濃）」的按鈕時，我卻停下了動作。因為我最近才剛成為不能喝咖啡的體質。

我已經咳了好幾個星期。身邊那些一開始還有點擔心我的同事們，如今言語間開始參雜了一絲不耐煩。因為連續加了好幾天班，大家都處於非常敏感的狀態。等到午休時間，我提早離開辦公室去了趟醫院。坐在內科的候診間，我的腦海中浮現了數萬種想像。新型的過敏、支氣管炎、氣喘、肺炎、肺結核、手術、住院、病假、辭職、因此開始的債務壓力、假扣押、露宿街頭……就在此時，護理師叫了我的名字。

原因是胃食道逆流。醫生說，是因為胃酸逆流刺激了食道內部，才會一直咳嗽。接著，醫生告訴我需要注意的食物。無止境地……真的毫無止境延續下去的黑名單頂點正如我預想的一樣……

「咖啡，短時間內不能喝。」

　　我並不是打從出生就開始喝咖啡。曾經我也有過實在無法理解，這種像韓藥一樣的飲料到底哪裡好喝的時期。我究竟是怎麼成為每天都喝三杯雙份美式咖啡的重度成癮者呢？一切都是因為錢。突然失去家教打工機會的當時，因為我在咖啡廳準備就業考試，不得已只好點最便宜的美式咖啡而埋下了此事的開端。喝著喝著，居然喝出感情了。這麼看來，今天我的胃食道逆流，都要怪當年用一封簡訊開除認真輔導課業的我，住在某某大樓二十六樓的金某某同學的家長。

　　步履蹣跚地回到座位上，從抽屜裡拿出一只袋子。那是我在確診胃食道逆流後，在網路上訂購的產品。搜尋的關鍵字是「孕婦咖啡」。這是以將大麥、菊苣、黑麥等穀物碾碎，就算沒有咖啡因，也可以創造出類似咖啡的味道當作賣點宣傳的產品。喝了一口，發覺這只是大麥、菊苣、黑麥等穀物碾碎後的味道，根本沒有咖啡味。

不過色澤和咖啡相似，加入冰塊的話，就會有在喝冰美式咖啡的感覺。我呼嚕嚕地喝完這杯黑黑苦苦的冒牌咖啡。不鏽鋼吸管很快就發出摩擦空杯底的喀喀聲。我又拿出了一袋，再次步履蹣跚地走向休息室。

那天晚上十二點左右才下班。連搭電梯回家的那段短暫的時間我也撐不住，直接蹲坐在地上。我不禁思考著，必須這麼辛苦工作的理由。突然，我又開始咳了起來，看來是胃酸正順著食道逆流而上。

● 今天的菜單

代替咖啡的茶（冰的）

下班後草草吃過晚餐，時間已經是晚上八、九點。

吃得好飽～

媽，我去過醫院了。

醫生說是胃食道逆流。

精神放鬆再加上飽足感，是慢慢開始想睡的時間。

啊，吃飽後不可以馬上躺下說…

還會是為什麼？

當然是因為壓力。

不能這樣的說…

我們公司太會欺負媽媽的寶貝女兒了。

有點良心吧！

公司附近開了一家
大容量咖啡店。

在請了特休的平日，
如果坐在市中心的咖啡廳…

不管
再怎麼喝，
好像都沒
變少耶？

就是說啊。

就會看到在午休時間準時報到的上班族。

這好像是對上班族
餵食咖啡因，
讓我們變成工作奴隸
的陰謀？

哈哈！

嘿嘿！
我今天
休假。

科長，
拿出
法人卡吧！

部長
要不要也
喝點
什麼呢？

怎麼可能～

嘶嚕～

嘶嚕～

加油喔～

希望她
可以
讓位…

座位…

一個人佔了四個位子。

尷尬的滋味

郊遊會和自助餐的正當性

秋天是郊遊會的季節。

「該死的。」

今年也一如往常地擔任郊遊會的籌備人員，所以來到了會議室。從在場的人看來，人員組成和去年沒有什麼顯著的不同。我們雖然想要深度討論在初級的職等還要再混幾年，或是某某部門的新進員工編制，

為什麼和我們的績效獎金一樣稀罕等話題，但是因為知道彼此都是在百忙之際，看著各種臉色抽出時間聚集在此，於是趕緊先從郊遊會的地點開始討論。不能離公司太遠，租借費用又不能太昂貴，還得能夠一口氣容納五十個人，並且要有值得讓人抽出三、四個小時的活動。

我看看……首爾大公園去年去過了，前年則是去了電影院。之前還去過首爾林。四年前去加平玩兩天一夜的時候，因為籌備過程太辛苦，每天早上我都會去按公司內部網站裡的離職標籤。為了節省預算而取消郊遊會的時候，我還不知道那是一件幸福的事。室內運動體驗館、工坊、水族館……總之我們可以想到的地點候選清單，都是已經去過的地方。

「要不要去漢江？」
「去了要做什麼？」
「搭快艇怎麼樣？」

聽起來還不錯。首先，只要讓大家搭上船，接下

來工作人員們要做的事也不多。於是我們打聽了離公司最近的漢江公園快艇公司，並決定好剩下的時間要做什麼活動。感覺上好像沒有說什麼，一個小時轉眼間就這樣過去了。最後，我們分配好下次開會前各自該做的事，我負責的是聯絡餐廳和預約。

「我決定預約自助餐。」

大家都點頭贊成。自從我進公司後，郊遊會的午餐除了去加平玩兩天一夜的那一次之外，毫無例外地都是自助餐。沒有新花樣，總是一些差不多的菜色。吃著吃著，就會覺得這道菜的味道跟那道菜的很像，那道菜的味道又和另一道的類似，不過如果想要讓許多人同時用餐，而且不想聽到有人抱怨，沒有比自助餐更好的選擇了。再加上，如果和坐在身邊的人沒有話題可以聊，在適當的時機起身去拿下一盤餐點，可以甩掉尷尬，也不會有互相灌酒的氣氛，這個選擇不知道有多好。甚至還可以假裝去夾食物，接著偷偷跑回家。經過一番搜尋後，幸好在快艇乘船處附近，有一家適合的自助餐業者，我隨即出手預約。

郊遊會當天，手忙腳亂結束遊戲、尋寶、搭乘快艇等活動後，眾人紛紛湧入自助餐廳，我也姍姍來遲並拿起了餐盤。一大早就開始準備，我的肚子餓到不行。壓抑住想要把目光所及的菜餚都裝到盤中的欲望，先將沙拉和生魚片、壽司整齊地放上餐盤。第一盤是清淡的冷盤、第二盤是口味較重的熱菜，而第三盤則是從前面吃過的菜色中，只挑出自己覺得好吃的菜餚裝進餐盤。最後的第四盤以水果和甜點畫下句點。我對自助餐的順序非常嚴格。坐在位子上，夾起比目魚壽司，當我正要沾些醬油的時候，坐在我身旁喝著啤酒的某部長突然對我說。

　　「徐代理，為什麼郊遊會總是吃自助餐呢？明年吃點其他的吧！」

　　「天啊，那麼明年由部長來籌備就可以了呢！」我把這幾乎湧上舌尖的話再次吞了回去。不知道曾經在哪裡看過這麼一句話，在嘴裡有食物的時候說：「想死嗎？」的話，聽起來會很像「想吃嗎？」。

● **今天的菜單**

第一盤：比目魚壽司、鮭魚壽司、鮮蝦壽司、鮪魚生魚片、
　　　　吳郭魚生魚片、生牛肉、散壽司、川燙章魚片、鮭
　　　　魚開胃點心
第二盤：牛小排、烤里肌肉、蛤蜊巧達湯、焗烤茄子、烤鰻
　　　　魚
第三盤：比目魚壽司、鮭魚壽司、生牛肉、蛤蜊巧達湯
第四盤：柳橙、鳳梨、柿子、荔枝

尷尬的滋味

說到自助餐，果然不能少了婚禮。

那件婚紗真的好適合Q職員喔～

真的好漂亮。

嘎

婚禮結束！我要趕快回家休息～

難得的機會…

我的週末…

唉呀！

我遲到了。

我們要不要去咖啡廳，

喝杯咖啡？

好啊～

組長！

快來這裡坐！

啊，我不能去耶。

妳有約了嗎？

不，不是那樣，只是我很累。

嘿嘿！

耳環是香奈兒…

絲巾是愛馬仕…

包包是紀凡希…

應該要說跟人有約啊，妳這個笨蛋。幹嘛沒事讓自己心慌…

怦 怦

怎麼了？

隔壁在釘釘子嗎？

誠實不代表好事。

133

康德與炸醬泡麵

雖然身在同一組，但是沒有那麼熟，所以E科長很少主動向我搭話。我沒能馬上聽懂他在說什麼，所以只能眨眨眼。

「你要跟我借識別證？」

E科長的識別證安穩地掛在他脖子上。他難為情地捏著自己的後頸說道。

「因為我想吃炸醬泡麵。代理，妳應該在外面吃過午餐了吧？」

　　「炸醬泡麵？」

　　「今天地下室餐廳的菜單是炸醬泡麵，可是我在午餐時間已經吃了其他餐點了。」

　　現在我終於聽懂了。公司員工餐廳的午餐，一張識別證只能免費用餐一次。因為今天的午餐時間，我在外面的餐廳吃了炸豬排，所以沒有在員工餐廳用餐的紀錄。E科長就算用自己的額度吃了午餐，還是想要吃炸醬泡麵，才會來拜託我。我爽快地把識別證遞給他。他說，午休時間只剩十五分鐘，於是加快了腳步。漸漸遠去的背影看起來相當開心。

　　「看來他非常喜歡炸醬泡麵呢！」

　　沒想到他會那麼想吃，讓我覺得很是神奇。

　　E科長是個非常重視規則的人。據我從旁觀察的結果，他的一天行程如下。上午八點前到公司讀書。

從上午八點二十分開始確認電子郵件，開始工作。
（正常的上班時間是從上午八點半到下午五點半。）
接著，在中午十二點到十二點十分之間下樓前往位於地下室的員工餐廳，菜色總是挑選由湯或燉湯組成的韓式料理。中午十二點半繼續讀早上沒有讀完的書，並在十二點五十分到休息室和女兒視訊通話後回到座位，然後在下午一點準時開始工作。在不用加班的日子，他會在五點四十分離開座位去搭公司的接駁車。公司同事看著這樣的他，帶著驚嘆和取笑的目的，戲稱他為「康德※」，是個嚴守時間到只要看見他經過，鄰居們都會掏出手錶對時的哲學家。

那樣的他，居然會為了再吃一次午餐而開口向別人借識別證，這肯定是十分打破常規的嘗試。大概是他努力迴避炸醬泡麵的誘惑，一如既往地選擇韓式菜色，但是那股油膩膩又香噴噴的味道在鼻腔裡縈繞不去，幾番動搖之後才下定決心。想到站在菜單看板前，一臉嚴肅地徘徊許久的E科長，我不禁輕笑出來。

※康德：伊曼努爾·康德（Immanuel Kant），18世紀的哲學家。有「跟時鐘一樣守時」的稱號。

稍後，從餐廳回到辦公室的他，嘴邊還留著黑色的炸醬醬汁。刷完牙後回到座位的他，確認了一眼時間，正好是下午一點。

工作到一半，突然傳來一陣巨大聲響。組長正在對E科長發火。因為報告的日子突然提前，但是E科長似乎堅持地告訴組長，在新的期限內不可能完成，還說不能交出自己無法保障品質的報告書。

「你現在是在寫論文嗎？在公司就要遵守公司的期限。」

組長氣憤地說道。原來E科長擁有博士學位。

「如果你堅持這麼做，乾脆回學校算了！」

E科長固執地緊閉著嘴。

兩週後，E科長在高層指定的日子進行了報告。那是我第一次看到，一個人的銳利稜角被名為公司的

鐵鎚重擊而削去的光景。

🥣 **E科長的菜單**

炸醬泡麵｜酸黃瓜｜高麗菜沙拉｜雞蛋湯

剛到職的時候，一張識別證可以毫無限制在員工餐廳享用多種餐點。

要不要我再去拿一點炒年糕？你要吃嗎？

好！

K，妳應該沒有用過功能型手機吧？

妳知道什麼是橫向本能嗎？

啊，聊這種話題，很像糟老頭嗎？

我們常常把想吃的餐點都拿來擺在桌上，然後大快朵頤。

沒有這個系統的時候，需要一個一個請高層蓋章。

啊，聊這種話題，應該很像糟老頭吧？

當時還是二十幾歲，的確吃得很多～

當時真的很幸福。

新來的祕書真的很不常打招呼耶！

啊，說這種話，很像糟老頭耶…

說這種話…

很像糟老頭吧？

哈哈！

啊，我沒聽到。

看 臉色

妳的確是糟老頭，所以拜託妳不要再說了…

飯飯吃完了。

冰塊小偷，我要控告你

回顧了一下我這輩子的冰箱。

　　小時候以在上面貼滿水果造型磁鐵為樂的父母家冰箱，還有貼滿寫著「請不要偷喝牛奶」便利貼的宿舍冰箱。自己搬出來住之後，以附加基本家電的名義而結緣的冰箱是單門冰箱。因為沒有區分冷凍庫和冷藏室，冰淇淋放在裡面動不動都會融化。對那個沒有分區的冰箱心懷怨恨，所以在領到第一份月薪之後，

經過暴風式的搜索，而買下的第一個「我的」冰箱是兩百八十公升，上冷藏、下冷凍的新產品。另外，最近遇到的冰箱，就是現在站在我眼前的公司茶水間三門冰箱。

以上。

公司冰箱的冷藏室不會輕易開啟。那裡是公司員工們放進去之後，就被遺忘的食物們安靜腐敗的公墓。我喜歡使用的總是冷凍庫。一打開門，密封在邊框上的橡膠在掉落的同時，發出刺耳的摩擦聲。那是為數不多我喜歡的聲音之一。冒著冰涼的寒氣往冰箱內部一看，我自動嘆了口氣。

有人又動了我的製冰盤。我明明加滿了水後送進冷凍庫，但是現在卻有一半以上的冰塊都消失了。是誰？是誰那麼大膽又對我的冰塊動手。動手就算了，這種連水也不幫忙重新補滿的沒禮貌行為是怎麼回事？我頓時感到無比煩躁，於是努力試圖保持理性思考。在進公司初期，上司曾經送我一本如何做好工作的自我開發書籍。根據那本書的內容，所有的解決方

法都是源於明確定義問題。沒錯，問題是……一切的問題都是……該死沒良心的爛冰塊小偷（們）！我一定會告你們！

回到座位，我拿起了便利貼、筆和膠帶，然後提筆在便利貼上寫道：「非公用品」。稍微思考了一下，我把便利貼撕碎並重新寫了一張。「私人物品，請勿隨意拿取。」接著，我在製冰盤的蓋子上貼上便利貼，並在上面貼了一層又一層的膠帶，充當防水處理。

我把剩下的冰塊倒進馬克杯中，只能勉強倒滿半杯。這個量遠遠不夠。我倒了幾顆冰塊到嘴裡，並讓冰塊在口中輕輕滾動。現在時間是下午三點。觸碰到口中黏膜的冰涼感覺，讓因為睏意想要閉上的雙眼猛然睜開。不是因為喜歡，也不是因為肚子餓，而是為了撐到下班才吃的。這就是大人的生活、大人的冰冷、大人的冰塊。喀滋喀滋地咬碎已經融化一半的冰塊，並且非常緩慢地，踏著搖搖晃晃的步伐走回座位。

「請勿偷吃。我正在監視！」

隔天因為又有人偷吃冰塊，我又重新寫了一張便利貼。

● 今天的菜單

冰塊

漂亮的玻璃杯。

好想去咖啡廳工作。

沒錯。還可以轉換氣氛。

裝滿冰塊,以及水和濃縮咖啡。

好了,已經是下班時間,大家趕快離開辦公室。

因為正在進行「每週工作40小時」宣導活動。

可是組長…我們…

再加上不鏽鋼吸管及針織杯墊。

明天就要報告了啊!

呃啊啊!!

這裡是咖啡廳…不是公司,而是咖啡廳…

徐代理,妳在做什麼?

呃啊啊啊!!

趕快閉嘴,開始工作吧…

偶爾會有不管咬碎多少冰塊，火氣還是無法降下來的日子。

玩丟手帕之日吃的
辛奇炸豬排火鍋

　　時間一到中午十二點，辦公室的燈自動熄滅，我便猶豫地從座位上站起，然後又重新坐下。今天，組長囑咐我們，全體組員盡量留下來，和室長一起用餐。我偷瞄了被玻璃牆圍繞的室長座位，但是她似乎沒有要走出來的跡象，於是我再次將視線轉回螢幕。星期四是玩丟手帕……不，是負責室長午餐的日子，而這天輪正好到我們這組負責。

從以前開始，企劃組就有許多不滿，總是抱怨為什麼只有他們每天都要和室長一起吃飯？所以最後由組長們聚在一起，猜拳決定了順序。因為總共有四組，只有一組需要一週和室長共進午餐兩次。幸好我們這組逃過一劫。

　　早上我和組員們聚在一起，分配了聊天的話題。有人負責聊電影、有人負責談論戲劇，有人則負責討論書籍。而我負責的主題是偶像。室長正在就讀國中的女兒最近似乎迷上了某偶像團體。為了以防萬一，我在推特上進行搜尋，結果得知他們最近開了演唱會。我迅速瀏覽著幾張照片，室長在此時走了出來。一一拿好識別證和手機，我跟在室長後面離開辦公室。在等待電梯的時候，沉重的沉默在我們之間流轉。在這種時候，掌握氣氛並引導話題的情緒勞動，基本上是下屬的工作。我和一位年資相仿的同事互相斜眼偷瞄著對方並拖延時間，最後我先投降了。

　　「令嬡最近過得好嗎？有買到演唱會的票嗎？」

在那之後，直到我們抵達地下室的員工餐廳排隊領了餐點，接著走到座位入座為止，我們都得聆聽室長訴說她女兒的追星故事。早死早超生，結束自己負責的話題後，我才能稍微自在一點專心吃飯。今天的餐點是辛奇炸豬排火鍋，不過並非很好的選擇。從被辛奇湯汁浸濕的炸豬排上，散發出濃厚的怪味，以及加工食品特有的腥味。吃完飯後，請大家喝咖啡的室長開口說道。

　　「辛苦了。」

　　室長也很清楚大家不太想和她一起共進午餐的事實。就像解決例行功課一樣，讓各組和她坐在一起解決午餐，究竟是什麼感覺呢？和高層主管這個職位帶來的權力比起來，他會認為這只是一件微不足道的小事嗎？室長目前的職位已經升任至常務，同時也是我們公司瀕臨絕種的女性高層主管。

🍲 今天的菜單
辛奇炸豬排火鍋｜南瓜沙拉｜黑芝麻飯糰

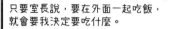

只要室長說，要在外面一起吃飯，就會要我決定要吃什麼。

因為徐代理好像不會看人臉色，

會選自己想吃的。

炸豬排。

漢堡。

冷麵。

中式餐廳。

這是在稱讚，還是批評？

呃…辣炒豬肉？

不要那個…

有別的？

很油膩…

不想吃…

啊，那個昨天吃過了。

生魚片蓋飯如何？

除了生魚片蓋飯…

ㄅ…

不要。

我都還沒說耶…

尷尬的滋味

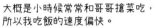

大概是小時候常常和哥哥搶菜吃，所以我吃飯的速度偏快。

放開。

你才放開。

和上司吃飯時，常常覺得尷尬。

糟糕，我吃得太快了。

只剩下一點湯了。

空

空

吸

對了！

嘿嘿！

沾湯神功！

151

用自卑感烤的五花肉

C職員晉升成為了代理，是今年我們組內唯一升職的人。正好一個月前他的妻子生下了一對雙胞胎，組員們紛紛恭喜他雙喜臨門，還要他請客慶祝升職。

「不是當然要吃牛肉嗎？」

「吃烤鰻魚吧！」

「簡單地吃點生魚片吧！」

C職員……不對，是C代理緊張地用手在腰間摩擦，只能一直點頭，不久之後，他安靜地走到我的座位旁。

「總務，那個……」
「我會試著提議他們去烤肉店。」

C代理抿著嘴唇，扭捏地笑了。公司內部網站上，張貼了一則應該拋棄要求過度升職請客文化的宣導活動文章。

大家一邊製作炸彈酒，一邊高聲吶喊著。今天的主角——升職者C代理接過裝滿燒啤的五百毫升啤酒杯，露出決然的表情。說了幾句感想後，他咕嚕咕嚕地把那麼大一杯的酒一飲而盡。連在一旁看著的我，食道也跟著發麻。看到身邊的人把五花肉塞進他嘴裡，我也夾起一塊邊緣烤得有些焦黑的肉塊塞進嘴裡。

C代理好像有點醉了。當人們起身準備去續攤的

時候，他一個人搖搖晃晃地走向收銀台。我連忙跟了過去，阻止了想要刷卡一次付清高達五十二萬韓元餐費的他。因為組長曾經叮囑過我，今天聚餐費用的一半要用我們這組的公費結帳。當我一拿出法人卡，C代理搖著手推開了我。雖然動作很大，但是他沒有用多少力，最後順利地用法人卡支付了一半的費用。

我沒有和大家去續攤，而是轉往地鐵站的方向，C代理卻叫住了我。

「妳要回去了嗎？真是可惜。」

他想要和我握手。

「現在我們都是代理了。」

C代理和我同歲，而且只差了幾個月，在差不多的時期到職。在紐西蘭度過童年的他因為韓語較生疏，導致工作速度緩慢。不過，如果有需要使用英文的時候，大家總是第一個想到他。

去年我們同時被列入升職名單，結果他不幸落選，而我則升任成了代理。當時，老實說我很高興，因為我對海歸派有自卑情結。

　　「對啊，我也覺得很可惜。」

　　我出力緊緊握住與他交握的手，並與他相視而笑。

🍚 **今天的菜單**

五花肉

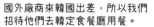

國外廠商來韓國出差，所以我們招待他們去韓定食餐廳用餐。

燉半乾明太魚
（微辣）

悶不吭聲

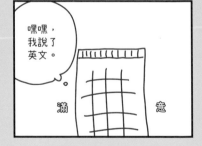

尷尬的滋味

不管怎麼說，
這件事需要會流暢的英文，
徐代理還是等下次…

我們的部門裡，
已經有很多
英文高手了。

還是
來學中文，
跟他們有些
差別吧！

因為英文能力，在重要的工作上，被排除在外。

是。

徐代理最近
不是在學中文嗎？
說幾句來聽聽嘛！

方四！
（放肆！）

這次我真的
要好好
學英文！

哦哦～
發音很
標準耶！

規！
（跪下！）

透過Netflix！

嘻嘻…

不過，
是什麼意思啊？

嗨不塊棍？
（還不快滾？）

從歷史劇學到的中文。

越南米線的底牌

消息很快就傳開了。身為男性的E科長請了育嬰假，是我們部門的首例。人們的反應大致可分為兩派。一派認為，他們沒有父母幫忙，要撫養兩個小孩非常辛苦，所以他鼓起勇氣分擔，身為同事應該要為他加油。另一派則認為，他肯定另有打算。可能只是想要爭取時間創業，萬一事業不順，還可以回到公司上班。

大家沒辦法明目張膽地去問E科長，只能偷偷拐彎抹角地來問我。這種時候，我每次都只能回答說我不知道。我和E科長直到最近一起進行了為期兩年的專案，但是我和他沒有親近到可以開誠布公談論這種事。如果提交育嬰假申請，要接受最終批准者——董事長的約談。E科長將他在面談時，從董事長口中聽到的話告訴了我們。「你……身為男人，居然沒有野心。」我和沒有野心的E科長約好了要吃飯，而且居然是晚餐。

　　「你還會回來嗎？」
　　「我當然要回來啊！我還能去哪裡？」

　　我們去了一家越南米線店。E科長炫耀道，因為是徐代理喜歡的食物，所以自己特別挑了這一家。我其實沒有特別喜歡越南米線。如果有需要和E科長在外用餐時，因為不方便分食餐點，我只是隨口提出可以各吃一碗的越南米線而已。總之，也不是不喜歡，所以沒關係。E科長點了牛胸肉越南米線，而我的則是加了牛筋的特製越南米線。在餐點端上來之前，因

為沒有什麼話題可以聊，只能呆呆地俯視鋪在各自桌面上的廣告單。

我們很明顯是彆扭的關係。儘管如此，E科長還是提議要請我吃晚餐的原因是，因為他是那種只要身邊就算只有一名讓他不自在的人，他也會感到渾身不自在的個性。這是他被認為是個「好人」的同時，也是和我不合的原因之一。他的強顏歡笑感覺十分虛假。如果覺得壓力很大，可以直接拒絕，但是考慮到名聲而執意答應赴約的我，看起來也不怎麼真實。

在網路上搜尋還算不錯的美食名店而找到了這家店，不知道是不是因為客人太多，我們的餐點遲遲沒有端上來。「停職之後，你有什麼計畫嗎？」無奈之下，我提出了一個平凡的問題。「我想帶著孩子們去宿霧玩。」正當他說出應該回答過數十次的答案，餐點終於端上桌。

雖然大部分的麵類料理都是如此，不過越南米線的核心是湯頭。這家店高湯的味道，合格！肉的味道

很濃郁，尾韻卻又很清新。彷彿連不曾有過的宿醉也能解開一般，讓人感到非常舒服。因為要求不要煮得太熟，所以被端上來時還有點硬的麵條也恰到好處。牛筋很有彈性，而肉的部分雖然大部分都是牛胸肉，但是有一片相當大的，於是我一點一點慢慢撕著吃。真的很好吃。雖然美味，但是E科長先用完餐，似乎很無聊地瞄了幾眼手機，所以最後我沒有時間好好品嘗，狼吞虎嚥地吃完餐點。

因為我們都不想去咖啡廳之類的地方，延長這場飯局的時間，所以今天的行程就到此結束。在走向地下鐵站的路上，我問E科長：

「你真的會回來嗎？」

E科長反問我：「妳是真的不知道嗎？還是知道了才這麼問的？」並露出一臉想要看穿我的表情。兩年間一起工作，我沒能看出他準備自己創業的事。E科長幾番猶豫後，開口說道：

「有可能不會回來，不過這種事很難說嘛！」

　　我知道要他聽從女性組長的指揮做事，令他感到很不自在。平常他隱約會疏遠那些年紀雖然比自己輕，卻因為擁有博士學位而職位比自己高的同事，也會在名校畢業的部門成員面前避談大學的話題。有時聽到某人在之前的部門表現良好的傳聞，會因此覺得痛苦，甚至會在自己努力的結果遭受批判時，立刻勃然大怒。他的心中不只有野心，還鋪上厚厚一層自卑的事實，我就算不想知道，但是在共事的時候，也能略知一二。

　　難道只有我看到了嗎？他也看到了。我對碩士學歷的狹隘優越感、對海歸派的敵意、面臨需要使用英文的狀況時產生接近恐懼的害怕、對表現優異的同事展現的攻擊性、表面假裝看得開卻對成果和他人認可相當執著的內心，以及對組織與人際關係歇斯底里的戒心。

　　一起工作兩年，代表大概會看到對方的底牌三

次。我們感到彆扭的原因是，因為不喜歡自己那些被對方目擊到的底牌。幸好我們在地鐵站，需要前往相反方向的月台搭車。對於那個知道我底牌的人，我說出了自己能想到的最佳祝福。

「那麼我希望你不再回來。」

● **今天的菜單**
特製越南米線

尷尬的滋味

E科長身為男性，成為第一個請育嬰假的人後，又過了兩年。

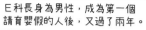

徐代理，妳看過這則新聞了嗎？

什麼？

徐代理，在T科長去休育嬰假前，我們要辦聚餐。星期四妳可以嗎？

可以。

E科長…不對，是E代表創立的新創公司，好像得到大企業的投資了。

離開大企業，創立新創公司後過了兩年，成功獲得大規模投資並得到證明。

哦哦～

T科長是男性。

聽說聚餐費還剩很多。

哇啊…

看來他的事業很成功。果然創業才是解答嗎？

哇…

不過一定要約晚上聚餐嗎？中午不行嗎？

嗯…我去問問組長。

早知道就跟他混熟一點了。

代理也還沒請過育嬰假吧？

對，我打算等小孩上小學的時候再用。

慢慢改變。

部長的軟糖

S部長的個子嬌小。會提到這個，是為了強調我會看到S部長的手機背景畫面，絕對不是故意的。只是因為我的個子比她略高了一顆頭，並且某天在客滿的電梯裡，我偶然站在她身後。S部長的背景畫面裡，最近擁有最高身價的偶像D正展現燦爛的微笑。

即使我不說，消息也很快就傳開了。S部長起初就不打算刻意隱瞞。每次在便利商店看到包裝上印有

偶像D的餅乾，她總是會流連在貨架前，無法輕易移開腳步。還曾經為了得到粉絲見面會的抽獎券，把研習時要喝的飲料一律訂購成偶像代言的產品。甚至還聽說她最近開始養的貓，是根據偶像D的名字命名。

為了確認傳聞的真偽，一名組員出動了。看著聽到有人想看貓咪照片而一邊說著：「我家D很漂亮吧？」一邊拿出手機的部長，大家都「哇哈哈」笑出聲。

加了好幾天班完成的報告從第一章開始到附件，全都被否決，最後甚至得到全部重寫的指示。組員們全都臉色發黑，不發一語地坐在座位上，然後安靜地下樓，前往員工餐廳吃晚餐。

今天的菜單是乾菜拌飯和美乃滋炸雞蓋飯。因為我不喜歡米飯和美乃滋的組合，於是毫不猶豫地選擇了乾菜拌飯。仔細咀嚼著口感粗糙，尾韻略為苦澀的乾菜，我心想：這麼硬又苦澀的難道就是上班族的人生嗎？

吃飽飯後，S部長帶著組員們前往便利商店，買了零食請大家吃。我挑了一個巧克力冰淇淋，而S部長則是拿了D的照片被大大印在包裝上的維他命軟糖。接著，每個人都被默許擁有三十分鐘左右的休息時間。有些人趴在辦公桌上休息，有些人則說要透透氣而離開了辦公室。我一個人呆坐在位子上，然後想要喝點冰水而走向休息室。

　　把冰塊裝入杯中後，正當我在裝水時，從某處傳來細微的笑聲。S部長一手拿著手機，一手抓著軟糖，整個人窩在椅子上。笑聲好像不是她發出來的，而是從手機裡傳出來的。總覺得不應該打擾她，於是我轉身走向反方向的休息室。

　　過了許久後才回來的S部長，臉上掛著笑容。「我們再繼續加油。」接著，時間一到凌晨一點，S部長便開口說：「剩下的我會處理，大家快回家吧！辛苦了。」

　　搭乘計程車回家的路上，我一直覺得心情沉重。

傳訊息告訴S部長我已經到家的同時，也接連傳了偶像D的照片和貓咪扮演啦啦隊的貼圖。很快，我送出的訊息前，出現了「已讀」字樣，隨後冒出S部長傳來的貼圖——一隻白色的小狗在跳著舞。

我知道S部長剛才看的影片，是偶像D上週參加的某綜合頻道的偶像綜藝節目。我傳給她的偶像D照片是儲存在我手機相簿裡的其中一張照片。我的本命是和偶像D隸屬同一個團體的P，而且我從未來不曾在公司公開過這件事。

我感到害怕。只是因為喜歡偶像，就讓S部長成為眾人嘲弄的對象。又因為她身為年近半百的單身女性，讓眾人對她的嘲諷更加嚴重。我覺得她似乎就是未來的我。

送走組員的同時重新坐正的S部長，那副身影在我的腦海裡徘徊許久，讓我無法輕易入眠。

● S部長的菜單

乾菜拌飯｜維他命軟糖

溫柔的滋味

通訊軟體的大頭貼是三葉草。

這是我的本命偶像P的誕生花。

啊，我昨天點了披薩來吃，結果那家店的代言人是…

通訊軟體的狀態是「旺旺」。

那是偶像P的綽號。

旺旺！

就是…那個啊！從選秀節目出道，很會拋媚眼的那個…

手機桌布是美麗兩層樓小屋的插畫。

這是官方粉絲俱樂部的首頁圖案。

啊～是P嗎？

對啦對啦！就是徐代理喜歡的那個。

像這樣偽路※

任何人都看不出來吧？

※偽路：偽裝成路人。

肩

眼神 不安

真的很帥耶！

先保持冷靜。

替花盆澆水的美男子
與鳳梨酥

辦公室裡的座位有等級之分。通常組長會坐在離走道最遙遠的窗邊。那裡不會被走來走去的同事妨礙，也可以進行光合作用，還能盡情享受天氣的變化。在那之後，職位越低的人，座位就越靠近走道，不過在我們辦公室有個例外。那就是擾亂價值的近「森林」座位。

「近『森林』座位」係指位於花盆後方的座位。

這並非一件可以嗤之以鼻的小事。不是放在辦公桌上的小巧多肉植物盆栽，而是擁有巨大樹葉且高度超過一名成年男性身高的巨大花盆。在辦公室的步道旁，以一定間隔擺放的這些巨大盆栽，是有專門業者照顧的公司資產，茂盛的樹葉可以遮擋住坐在其後面的人。因為競爭總是很激烈，所以那是個擁有普通年資的人不敢覬覦的座位，但是這次重新分配座位時，糊里糊塗就變成了我的座位。在此之前，我一直都坐在影印機旁邊，所以其實這是十分大幅度的階級上升。如果稍微誇張一點，這比起以前唯一一次在人事評鑑得到AA時更令人高興。帶著身為近「森林」座位住民的自豪，每次上班的時候我都會莫名用力深呼吸，把芬多精吸入體內。

報告搞砸了。
因為生氣而打開零食抽屜。

沒能好好傳達花了好幾天努力撰寫的結果，令人感到傷心，同時也厭惡在聽取報告時，總是看著手機或顧著吃杏仁，結果下達的指示與報告脈絡毫不相干

的上司。儘管知道因為工作而發怒，最後吃虧的人只會是我，但是想要控制情緒實在不容易。在心裡生悶氣的我翻找著抽屜。在水果軟糖、巧克力、圓餅、脆餅之間，我發現了鳳梨酥。

這是我親自從台灣買回來的，現在只剩下兩個了。鳳梨酥是一種好像混和馬芬蛋糕和脆餅，擁有鬆軟口感的甜味糕點。第一口雖然有點乾，但是黏稠柔軟的鳳梨果醬隨即登場。口中彷彿正在上演酥脆與濕潤、酸甜交織，穿梭於多種口感之間的綜藝節目。長度不到兩個指節的小巧鳳梨酥很快就被我吃掉了，剩下的一個也在眨眼間消失在我的嘴裡。因為覺得掉落的碎屑太可惜，我正用手指把它們一一沾起吃掉。就在此時，我和某人對上了眼，就在花盆茂盛的樹葉之間。

那是來替花盆澆水的業者員工。他們總是推著上面放了藍色水桶的綠色拖車過來，不發一語地替植物們澆完水就離開。在他緊閉的嘴角和藍色制服之間展現的精壯手臂，我覺得很不錯。我的腦袋暫時陷入空

白，而且我還把食指貼在舌尖，而且不停眨著眼。那位員工噗哧一笑，我也對他輕輕點頭。然後，他面帶笑容推著推車遠去。

「咦，怎麼回事？這種感覺是⋯⋯？這該不會是心動的瞬間吧？」

那天晚上，我在洗澡的時候，還順便刮乾淨了腋下的汗毛，可是下個禮拜卻換了一個人過來。

◉ **今天的菜單**
鳳梨酥

曾經有人在
員工餐廳
見過我之後，
直接透過內部網站
找到我的電話號碼，
跟我聯絡說
他想認識我。

和合作業者開會時，
有時候會遇到我的理想型…

哦…

天啊，
我曾在研習
結束後，
收到別人
給我的紙條。

這時我會變得比任何時候更銳利敏捷。

哼嗯…

那樣有點
不自在吧～

不管怎麼說，
都是在
公司裡…

他的手上
有沒有
戒指啊？

是有點
不太好吧～

因為
順利的話，
也是辦公室
戀情。

好想挖
鼻孔喔…

嘿！

嘿！

公司地下室有健身房，所以在吃完午餐或下班後，我常常會去運動。

啊，金代理現在還是單身吧？

是。

徐代理也是單身說…

我之前有去過，那裡全都是男生。

對，大概是因為…

那裡很方便男生洗澡吧？

你們試著交往看看啊！

你們很配耶！

徐代理該不會是去那裡勾引男人的吧？

哈哈！

科長終於…

發瘋啦！

辛苦妳了。

是…

同病相憐。

唯一的培根三明治

我和D代理約好一起吃午餐。我們苦惱了一陣要去哪裡，最後決定打包餐點，到公司附近的公園吃。我買了培根三明治和冰美式咖啡。在樹蔭下坐定後，我開始拆封餐點。那是白色麵包之間夾了切碎的培根、荷包蛋、高麗菜的簡單三明治。培根特有的肉味被芥末籽醬中和，清脆的高麗菜增添了一些水分和不同的口感。除了荷包蛋不是半熟而是全熟的這點，一切都令人滿足，非常滿足。

嘴裡咀嚼著三明治，一邊看著公園的風景。有一隻柯基犬被綁上紅色牽繩，正在悠閒地散著步。在後面的足球場上，一些身上穿著螢光色背心的男人一直喊著：「哦，沒錯！這邊！」還看到身穿藍色襯衫、時不時伸手去拉褲腰帶的人，他已經繞了公園第三圈。

　　「啊，好想下班。」
　　「我從上班的那一刻開始，就想要下班了。」
　　「我是從起床的時候……」
　　「我從昨天下班的時候開始。」
　　「我……」

　　再這樣下去，可能會追溯到出生的時候，於是我選擇少說幾句。

　　D代理是少數幾個在公司對我說平語的同事之一。因為興趣或喜歡的東西相似，我們很快就相談甚歡，並在一起進行過幾個專案後，變得更加親近。雖然現在身處不同組別，不過我們是偶爾會相約一起吃

午餐的關係。我認識的她，是個使命感甚至責任感很強的人。她想要做對世界有貢獻的事情。聽說最近下班後，她正在準備考取勞工法務士證照。她說，至少第一階段的考試應該可以跟公司的工作兼顧。

「不過，要同時進行兩件事，還真是辛苦。」

D代理皺著眉頭，嘆了口氣，我也跟著皺了皺眉。突然，我被某種衝動緊緊包圍。我想要告訴她，我對她的感覺和心情感同身受。下班後，筋疲力盡地搭著大眾運輸回到家，又再次坐在書桌前的時候，那份疲憊我也每天都在經歷著。也了解因為時間不夠而錯過喜歡的綜藝節目和電視劇的遺憾。我也正在承受著因為加班而無法完成今日讀書進度時，席捲而來的壓力與焦躁。

直到現在，公司的人還不知道我的創作活動。

因為我擔心不知道在什麼時候會被誰抓住，成為我的把柄。

「好想說出來。」

「告訴大家，我有多辛苦，就有多開心。」

「我也想要和人產生共鳴並被人理解，想要吐露一切。」

不知不覺，冰美式咖啡已經見底。深深吸了一口，卻只聽到空吸管的聲音。我將剩下的冰塊倒入口中，滋潤乾燥的嘴唇。

「其實，我也……」

D代理是少數幾個在公司對我說平語的同事之一，而現在正要成為唯一一個知道我作家身分的人。

● 今天的菜單

冰美式咖啡｜培根三明治

公司附近的公園，

住在公園的流浪貓，

一到午餐時間，
就會擠滿散步的上班族。

長得很像流氓，卻是個撒嬌專家。

大家不知道為什麼都往
同一個方向前進。

這種景象
很常見，

唉呀，好可愛～

喵～

像是在
喪屍
電影裡…

好漂亮～

溫柔的滋味

我不是一開始就跟D代理很熟。

我跟她變熟的契機是…

D代理提交的公文…

D代理沒化妝耶！

啊？

……

公文？

我也沒有化妝，真是太巧了。

她是因為我沒化妝，在找我麻煩嗎？

哈哈！

原來妳喜歡O啊？

對。

O→

真的是很沒禮貌的人。

真是個木訥的人。

他昨天在綜藝節目上，發出牙箏聲音的樣子很可愛吧？

妳有看啊？

超Q！！

我們是追星好夥伴。

鹿尾菜與毛

「請允許男生也可以穿短褲。」

　　正在聽取報告的專務露出難以理解的表情。男性員工們開始議論紛紛。可能是因此得到勇氣，發言者繼續說道：

　　「像最近這種炎夏，如果遇到下雨天，穿著長褲上下班很不方便。」

「啊，原來有人不開車上下班啊？」

因為這家公司的停車空間不足，只發放極少量的停車券。如果組長以下職位的人，除了孕婦，通常難以開車上下班。

「很抱歉，不過我不想看到男人們毛茸茸的雙腿。」

專務酷酷地回答道，並雙手抱胸，大會議室裡瞬間安靜了下來。為了打造水平的組織文化，每個分期實施的開放交流活動就這樣結束，而事情已經過了一年。

首爾市發布了今年第一道高溫特報。一路來到公司，我已經滿頭大汗。在上班的同時，我覺得自己應該要立刻下班。跌跌撞撞地走進自動門，我終於抵達公司大廳。哦，感謝冷氣！暫時停下腳步迎接冷氣降臨，後面有人向我打了招呼。是同組的後輩──A社員。

「妳好。」

「啊，你好。」

我一邊向他詢問日常瑣事，一邊走進電梯，並和他同時走進了辦公室。坐在座位上，我似乎看見了一道有點熟悉，又有點不熟悉的身影。是什麼呢？就在對面的座位上，科長正在對A職員說：

「天啊，你穿了短褲？」

A職員是我們部門第一個穿短褲來上班的男性職員。男生們全都聚集在他的四周。

「可以穿短褲嗎？」

「專務說不行。」

「設計組全部都穿短褲，為什麼我們不能穿？」

「專務不是說，不想要看到腿毛嗎？」

聽到這句話，大家就像說好似地，全都看向A職員的小腿。我的眼神也無意間飄了過去。明知道這樣

很失禮，我的腦海中還是冒出這種想法。

「腿毛比我的還少耶！」

　　午餐的菜單是涼拌鹿尾菜。我夾起茂盛的鹿尾菜放進嘴裡。這是因為口感才會吃的食物。那種喀滋喀滋咬碎的感覺……我努力運動著我的下巴。鹿尾菜、毛、下巴……在韓語中，以「ㅌ」開頭的單音節單詞，不知道為什麼都有堅決的一面。吃完飯離開員工餐廳時，今天穿短褲的男同事們格外顯眼。不管專務再怎麼不願意，總有一天，大家舒適地穿著短褲上班的日子終究會來臨。那麼，我希望有一天，大家不分季節，都可以不用除毛的日子可以來臨。如果可以早點來就好了，我們都可以誠實面對自己毛毛腿的那天。

🥄 今天的菜單

涼拌鹿尾菜｜烤鰆魚｜煎圓肉餅｜魷魚蘿蔔湯｜雜糧飯

有一天，我…

決定不刮手臂的毛，
直接去公司上班。

科長，
下午兩點
你有空嗎？

兩點嗎？

什麼事都沒發生。

因為我想請你
過目一下資料。

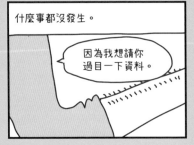

有一天，我…

決定不化妝，直接去公司上班。

呃啊！

怎麼了？

什麼事都沒發生。

我忘了
添加附件
就把郵件寄
出去了。

沒關係。

溫柔的滋味

有一天，我…

什麼事都沒有發生…

決定再也不在公司露出
習慣性的笑容。

卻又發生了很多事。

上午可以
完成嗎？

不行。

徐代理，
妳變得
和以前好不
一樣喔～

我嗎？

什麼事都沒發生。

還需要半天。

看起來更
自在了。

在公司也做自己。

便祕時就喝拿鐵

乳糖不耐症是因為分解乳糖的成分——乳糖酶缺乏或不足的症狀。喝了牛奶就會腹痛或腹瀉的人即屬於此類。而且，其中一名患有乳糖不耐症的患者，現在正站在公司地下室咖啡廳的櫃檯前，瞇起眼睛盯著菜單看

「您要點餐了嗎？」

像是下定某種決心而轉過頭的乳糖不耐症患者。當她用力將嘴抿成一條直線，下巴立刻出現一顆酒窩。

　　「我要一杯冰拿鐵。」

　　結果還是點了。乳糖不耐症患者接過冰拿鐵後，緊緊閉上雙眼。就像對待什麼珍貴的東西，她用雙手小心包裹住那杯拿鐵。

　　三天……已經第三天沒能上大號了。希望這一杯可以解決所有問題。

　　這是兩個小時前的我發生的故事。

　　不祥的預感通常會沿著後頸傾瀉而下。那是距離會議開始剛過一個半小時的時候。

　　「感覺不到危機感嘛！如果少了危機感，我們公司的事業就完了！」

「是，常務。你要的那份危機感，現在正出現在我的大腸裡。」

下腹開始傳來熱辣辣的疼痛感。我全身發冷，指尖發麻，每一個細胞都在喊叫著一個訊號：立刻往化妝室衝刺！

「徐代理覺得如何？」

常務的一句話，讓在場的其他五雙眼睛一起轉向我。我認為我們應該要有休息時間，不過我將想說的話壓回喉嚨深處，拖拖拉拉地絞盡腦汁思考。

「我覺得我們應該透過服務釋出轉換事業模式的訊息。」
「我們有因為服務而在什麼事業上成功嗎？」

怎麼能說「我們」呢？常務可能成為資方已經太久，所以早就忘記了，我和公司是陌生人。絕對無法說出口的話，只能在心中反覆無數次。不過，多虧了

常務，集中在我身上的視線這才散去，我又能再次盡情冒冷汗了。想要忘記正在搞亂的下腹，我試著轉移注意力。再過六個月就要來臨的聖誕節，要做些什麼呢？那個時候應該很冷吧？我要躺在熱水墊上剝橘子吃。不過明年的農曆年假就去越南過吧！我得去各家越南米線店踩點。「不要加香菜」用越南話要怎麼說來著？香踩……不腰佳香踩。

「啊，不行了。」

我悄悄抬起椅子往後推，然後彎著腰，往會議室後門邁開腳步。不會察言觀色的運動鞋鞋底，每次被踩在地上的時候，總會發出摩擦聲。瞬間，雖然感覺到視線又集中在自己身上，我卻努力忽視。因為手心都是汗，不管怎麼努力轉動門把，就是無法順利打開門。於是我用力一轉，門終於嘎吱一聲打開了。從門縫間偷跑出來後，重新輕輕把門關上，接著快速跑向化妝室。

不久後，終於降臨的喜悅時光。為了盡情享受從

大腸上皮細胞湧來的和平和喜悅，我有好一陣子無法
離開馬桶。走出廁所隔間後，一邊洗手一邊看著鏡子
中自己舒暢表情的乳糖不耐症患者，開始擔心現在差
不多該重新回到會議室的事。如果今天不是我，而是
常務突然內急呢？肯定會中斷會議，讓大家暫時休息
一下吧？想上廁所的時候可以立刻去上，這就是權力
啊！結束對排泄與權力間因果關係省思的我，用盡全
力邁出實在移不開的步伐。同時也下定決心，以後在
開會之前，絕對不喝拿鐵。

◯ **今天的菜單**

冰拿鐵

在廁所有時候
會特別常遇到特定人物。

啊！

加班時去的化妝室，現在時間晚上12點。

今天很常遇到呢！

啊，對啊！

明明只有我一個人，
總覺得有陌生的動靜。

哐！

看來今天我們膀胱的
頻率很類似哦～

哈哈！

自動
除臭劑→
噴射器

哐！
哐！

剛才說的
那句話
很淘氣。

嗯！

是個有點
奇怪的
人呢！

那個
辛苦工作
到很晚
呢…

24小時不斷吐口水的勞動。

溫柔的滋味

杯裝刨冰雖然討人厭卻很親切

因為今天是三伏天中的末伏，員工餐廳在飯後分給每個人杯裝刨冰。餐廳前排起了大約可以環繞寬敞大廳兩圈的長長隊伍。包含組長在內的我們幾個人吃完飯，正走出餐廳。我們稍微考慮了一下是否要加入那條人龍。看起來至少要等十分鐘。午餐時間結束後，馬上就要開會的我，傾向不去排隊直接回辦公室。但是一切都由組長的嘴做決定。「要吃嗎？」因為組長的一句話，大家都心連心，一起找到隊伍的尾

端後，加入了長長的人龍。勸誘型的句子有時候看起來很討人厭。

　　一邊等待著杯裝刨冰，一邊聊起有關暑假的話題。有人去了寮國、有人前往大叻，還有人飛到濟州島玩了一趟。一群人都互相問了對方禮貌性的問題。哪裡好玩？玩了些什麼？天氣怎麼樣？聊了好長一段時間，隊伍卻沒怎麼變短。人群之間暫時陷入沉默，有幾個人拿出手機開始確認。這時某人對不發一語站著的我問道。

　　「徐代理之前說，什麼時候要休長假來著？」

　　都已經是末伏了，我卻還沒能休長假。一切都是因為工作。三人一起進行專案，休假期間必須分散，業務才能順利進行。其中一人因為幼稚園的暑假，不能變更休假日期，而另外一名則是配合丈夫的時間請假，所以也很難更動。結果就是由一個人住又還沒有計畫的我，把休假延後到下個月。大家都在看我的眼色，我也只好同意。絕對不是因為我是組裡最菜的，

純粹是因為我的意志。應該是因為我的意志沒錯。

說不定真的是因為我的意志。

「我九月中旬要休假。」

末伏的可疑之處就是在立秋過後才來。最近幾年在立秋時，常聽到這樣的對話：「聽說今天是立秋耶？」「瘋了！天氣明明還這麼熱！」另外，近幾年在末伏這天，都會聽到這種對話：「聽說今天是末伏。」「嗯？不久之前不是已經過了嗎？」立秋名不符實，而末伏毫無存在感。居然為了紀念那樣的末伏而發給大家杯裝刨冰。

等了許久才拿到的刨冰小巧又甜蜜。這是一份有煉乳、紅豆、黃豆粉、年糕散落在碎冰上的樸素點心。吞下甜滋滋的一團碎冰，我開始覺得今天的員工餐廳有點貼心。

🍚 **今天的菜單**

牛五花大醬燉湯｜煎圓肉餅｜醋拌海帶｜青花椰菜｜杯裝刨冰

溫柔的滋味

科長：我只是假裝不知道耶！

作者的話

今天在公司解決了三餐。早餐吃了從家裡帶來的草莓和橘子，而中午在員工餐廳吃了魚卵石鍋拌飯，晚餐則買了地下一樓便利商店的鮪魚飯捲來吃。

從寫下這本書的第一個字開始，已經過了兩年。這段時間，我曾經下定決心要離職兩次，又打消了念頭兩次。還喜歡上這家公司六次左右。重要的是，從來沒有一次因為工作的事情而哭過。

昨天才覺得自己了不起，今天卻又感覺自己很可憐。對於忍受這種不親切的變卦，每天認真賺錢餬口的自己，送上稱讚的掌聲。另外，我也要對一起工作的同事們，致上深深的感謝。

國家圖書館出版品預行編目資料

員工餐的滋味：只為飯碗奮鬥的上班族美食日記
/ 徐橘作；莊曼淳譯.
-- 1版. -- [臺北市]：尖端出版, 2023.05
面；　公分
譯自：회사 밥맛
ISBN 978-626-356-563-0(平裝)

862.6　　　112004060　　88

書　　　　　名	員工餐的滋味：只為飯碗奮鬥的上班族美食日記
原　　　　　名	회사 밥맛
作　　　者	徐橘 서귤
譯　　　者	莊曼淳
執　行　長	陳君平
協　　理	洪琇菁
責　任　編　輯	黃子瑜
美　術　編　輯	沙雲佩
國　際　版　權	黃令歡・梁名儀
榮　譽　發　行　人	黃鎮隆

出　　　　　版　城邦文化事業股份有限公司 尖端出版
　　　　　　　　台北市中山區民生東路二段141號10樓
　　　　　　　　電話：(02)2500-7600 傳真：(02)2500-1974
　　　　　　　　E-mail：4th_department@mail2.spp.com.tw
發　　　　　行　英屬蓋曼群島商家庭傳媒股份有限公司
　　　　　　　　城邦分公司 尖端出版
　　　　　　　　台北市中山區民生東路二段141號10樓
　　　　　　　　電話：(02)2500-7600 傳真：(02)2500-1974
　　　　　　　　讀者服務信箱E-mail：marketing@spp.com.tw
法　律　顧　問　王子文律師 元禾法律事務所 台北市羅斯福路三段37號15樓
北　中　部　經　銷　楨彥有限公司
　　　　　　　　Tel:(02)8919-3369　Fax:(02)8914-5524
雲　嘉　經　銷　威信圖書有限公司 嘉義公司
　　　　　　　　Tel:(05)233-3852　Fax:(05)233-3863
南　部　經　銷　威信圖書有限公司 高雄公司
　　　　　　　　Tel:(07)373-0079　Fax:(07)373-0087
馬　新　地　區　經　銷　城邦（馬新）出版集團 Cite(M)Sdn.Bhd.(458372U)
　　　　　　　　Tel:(603)9057-8822　9056-3833
　　　　　　　　Fax:(603)9057-6622

版　刷　版　次　2023年6月1版1刷

郵購注意事項：
1.填妥劃撥單資料：帳號：50003021號　戶名：英屬蓋曼群島商
家庭傳媒（股）公司城邦分公司。　2.通信欄內註明訂購書名與冊
數。3.劃撥金額低於500元，請加附掛號郵資50元。如劃撥日起
10～14日，仍未收到書時，請洽劃撥組。劃撥專線TEL：（03）
312-4212・　FAX：（03）322-4621。